Marie Force

Traumhaftes Gansett Island - Victoria & Shannon

Montlake
Romance

Das Buch

Victorias Beziehung zu dem attraktiven Iren Shannon O'Grady war von Anfang an heiß, und im Bett knistert es auch weiterhin heftig zwischen den beiden. Allerdings fragt sich Victoria immer häufiger, ob das zwischen ihnen die große Liebe ist oder doch nur eine Affäre.

Um endlich eine Antwort auf diese Frage zu finden, begibt sich Victoria auf die Suche nach Informationen zu Shannons Vergangenheit. Dabei erfährt sie jedoch etwas, das sie lieber nicht gewusst hätte …

Werden diese Erkenntnisse ihre Beziehung zerstören oder können Victoria und Shannon die Hindernisse überwinden, die zwischen ihnen und ihrem Happy End stehen?

Die Autorin

Marie Force ist Autorin von zahlreichen zeitgenössischen Liebesromanen, von denen etliche sich auf den Bestsellerlisten der New York Times, der USA Today und des Wall Street Journal platziert haben. Neben der erfolgreichen »Gansett Island«-Reihe ist in deutscher Sprache bisher die Erotikserie »Quantum« erschienen.

Marie Force wurde in Rhode Island geboren, wo sie auch heute wieder mit ihrem Mann, ihren beiden fast erwachsenen Töchtern und zwei Hunden lebt.

Marie Force

Traumhaftes Gansett Island

Roman

Aus dem Amerikanischen
von Lotta Fabian

Montlake
Romance

Die amerikanische Ausgabe erschien 2017 unter dem Titel »Gansett Island Episode 1 – Victoria & Shannon« bei HTJB, Inc., Rhode Island.

Deutsche Erstveröffentlichung bei
Montlake Romance, Amazon Media EU S.à r.l.
5 Rue Plaetis, L-2338, Luxembourg
August 2018

Die Übersetzung dieses Buches wurde durch AmazonCrossing ermöglicht.

Umschlaggestaltung: bürosüd° München, www.buerosued.de
Umschlagmotiv: © Gary John Norman / Getty; © Romolo Tavani / Shutterstock; © Jane_Star / Shutterstock; © oksana2010 / Shutterstock; © djgis / Shutterstock; © Tatiana Popova / Shutterstock;
Lektorat: Ute-Christine Geiler und Birte Lilienthal, Agentur Libelli GmbH
Gedruckt durch:
Amazon Distribution GmbH, Amazonstraße 1, 04347 Leipzig /
Canon Deutschland Business Services GmbH, Ferdinand-Jühlke-Str. 7, 99095 Erfurt /
CPI books GmbH, Birkstraße 10, 25917 Leck

ISBN: 978-2-919-80360-6

www.montlake-romance.de

Kapitel 1

Verzweifelte Zeiten erforderten verzweifelte Maßnahmen, das war es wenigstens, was Victoria Stevens sich sagte, als sie ihre Mittagspause vorverlegte und dafür nutzte, etwas zu erledigen, was sie lange genug aufgeschoben hatte. Sie hatte alles ausprobiert, was ihr nur eingefallen war, um ihren Freund Shannon dazu zu bringen, sich ihr zu öffnen – doch ohne Erfolg. Und es gab bloß einen einzigen Menschen auf der Insel, der ihr helfen konnte, zu entscheiden, was sie als Nächstes tun sollte.

Oberflächlich betrachtet war Victoria die eine Hälfte einer perfekten Beziehung. Sie und Shannon O'Grady, der viele ihrer Interessen und Hobbys teilte, waren seit beinahe einem Jahr ein Paar. Sie wohnten beinahe ebenso lange zusammen, lachten oft, stritten sich selten und hatten den heißesten Sex ihres Lebens, und das beinahe täglich. Obwohl sie sich immer wieder versicherte, es könne gar nicht besser werden, war das eine große, fette Lüge. Es könnte besser sein. Es könnte *viel* besser sein.

Was sie miteinander hatten, war sie schließlich gezwungen gewesen zuzugeben, war eine nette, wunderbar oberflächliche Beziehung, der es an der wahren Intimität fehlte, nach der sie sich sehnte. Das, was sie sich für sich selbst wünschte, sah sie jeden Tag bei ihrer Arbeit als Hebamme bei den Paaren, denen sie in der Krankenstation auf Gansett Island bei

Schwangerschaften und Geburten zur Seite stand. Sie weigerte sich, sich mit weniger für sich selbst zufriedenzugeben. Denn obwohl ihre Beziehung mit Shannon oberflächlich betrachtet perfekt schien, war das Fundament, auf dem sie errichtet war, wackelig.

Zum einen sprachen sie nie über irgendetwas Wichtiges, das nicht mit ihrer Arbeit oder ihrem Dienstplan zu tun hatte, was es zum Dinner geben sollte oder ob sie zu einer Party gehen wollten, zu der sie eingeladen worden waren. In gewisser Weise fühlte sie sich, als würde sie ihn jetzt nicht besser kennen als an dem Tag, an dem sie ihn getroffen hatte, und das war ein Problem, das sich nicht länger ignorieren ließ, so gern sie das auch getan hätte.

Vor fünf Jahren noch *hätte* sie es weiter ignoriert. Sie hätte sich gesagt, sie solle nicht so melodramatisch reagieren und sich an dem freuen, was sie hatte. Die Zukunft würde schon alles klären. Da jedoch ihr neunundzwanzigster Geburtstag in Sichtweite kam, hatte sie Inventur in ihrem Leben gemacht und überlegt, wo sie sein wollte, wenn sie erst einmal dreißig wurde – und es war nicht in einer Beziehung, die sich nicht weiterentwickelte, selbst wenn sie sie mit dem Typen hatte, der so sexy war wie kein anderer, den sie je getroffen oder gar gedatet hatte.

Sie wartete, bis Shannon, der für die Gansett-Island-Fährgesellschaft arbeitete, auf der Elf-Uhr-Fähre Richtung Festland abgefahren war. Als sie von der Krankenstation, wo sie arbeitete, in die Stadt ging, sah sie das Schiff, auf dem er war, in der Ferne. Das hieß, die Luft war rein für ihren Ausflug zum Fähranleger, an dem, wie für einen Freitag Ende Juni nicht anders zu erwarten, geschäftiges Treiben herrschte.

Sie tat das Richtige – wenigstens versuchte sie, sich das einzureden. Wenn sie irgendeinen anderen Gedanken zuließe, wie beispielsweise, ob es sich gehörte, Shannons Cousin Fragen zu stellen, die sie eigentlich Shannon selbst stellen müsste, würde sie am Ende doch noch feige einen Rückzieher machen, und das war keine Option. Vor dem Büro der Geschäftsführung der Fährgesellschaft atmete sie tief durch und klopfte an Seamus O'Gradys offene Tür.

Er telefonierte gerade, winkte sie aber hinein.

Victoria trat ein und setzte sich auf einen der Stühle, die vor seinem Schreibtisch standen.

»Ich verstehe das«, sagte er mit dem melodischen irischen Akzent, der ihr nach einem Jahr mit seinem Cousin so vertraut war. »Vielen Dank für den Anruf. Ich werde mit ihm heute Abend sprechen und mich morgen wieder bei Ihnen melden. Sehr gut. Danke.« Mit einem Seufzen beendete er den Anruf und legte sein Handy zurück auf den Schreibtisch. »Tut mir leid.«

»Ist alles in Ordnung?«

»Jackson hat ein paar Probleme im Sommercamp«, erzählte Seamus von einem der beiden Brüder, die er und seine Frau Carolina bei sich aufgenommen hatten, nachdem die Mutter der Jungs an Lungenkrebs gestorben war. »Es gibt Konflikte mit anderen Kindern, und er spielt sich wohl auch ein bisschen auf, wenigstens drückt der Leiter es so aus. Ich gebe zu, ich fühle mich mit so was völlig überfordert.«

»Du machst das klasse, und du wirst schon noch rausfinden, was zu tun ist.«

»Ich hoffe, du hast recht, allerdings bist du doch bestimmt nicht hergekommen, um dir meine Sorgen anzuhören, oder?«

»Nein«, erwiderte sie mit einem Lächeln, »ich bin gekommen, damit du dir meine Sorgen anhörst.«

Seine Brauen zogen sich beunruhigt zusammen. »Was ist denn los?«

»Shannon.«

»Was ist mit ihm? Ich dachte, die Dinge zwischen euch liefen super.«

»Tun sie auch.« Victoria hielt inne und schüttelte den Kopf. »Nein, das ist nicht ganz richtig. Es könnte super sein, aber es ist irgendwie, als stünde da eine riesige Steinmauer zwischen uns, und ich komme weder drüber noch drumherum oder irgendwie anders hindurch, egal, wie sehr ich mich bemühe.«

»Ah«, antwortete Seamus und nickte. »Verstehe.«

»Ich hoffe, du weißt … Ich würde dich niemals hiermit belästigen, wenn ich nicht langsam verzweifeln würde, weil ich einfach nicht mehr weiß, was ich tun soll.«

»Zuerst mal, Liebes, belästigst du mich niemals. Wir sind schließlich Freunde, oder etwa nicht?«

»Das hoffe ich doch.« Sie und Shannon verbrachten eine Menge Zeit mit Seamus und Carolina und jetzt auch ihren Jungs. Zu viert gingen sie regelmäßig gemeinsam essen, spielten Karten und verbrachten Feiertage zusammen.

Er stand auf. »Komm mit mir ein Stück spazieren. Das wird keine kurze Unterhaltung.«

Victoria erhob sich und folgte ihm bereitwillig, da sie dringend wissen wollte, was er ihr zu sagen hatte, selbst wenn ein Teil von ihr Angst hatte.

Sie gingen zu dem Pier, wo die Fischerboote anlegten oder losfuhren, die Restaurants und die Inselbewohner mit frischem Fisch belieferten. Jetzt, mitten am Tag, war der Pier nahezu verlassen, da viele der Boote draußen auf dem Wasser waren.

»Hat er dir von Fiona erzählt?«, erkundigte sich Seamus nach einer längeren Pause.

»Von wem?« Victoria dachte sogleich an die Frau, die mit Grace McCarthy in der Apotheke arbeitete, aber Seamus meinte offensichtlich jemand anders.

»Das dachte ich mir schon.«

»Wer ist das?«

»Sie war seine erste große Liebe drüben in Irland.« Er stützte seine Arme auf einen der Pfähle und starrte hinaus aufs

Meer. »Es ist immer noch schwer, über sie zu reden, selbst nach all diesen Jahren.«

Plötzlich tat es Victoria leid, dass sie Seamus aufgesucht hatte, und besonders, dass sie ihn Sachen gefragt hatte, die zu fragen sie kein Recht hatte. »Vielleicht wäre es besser, wenn ich das nicht wüsste.«

»Wäre es das?«

Er bot ihr einen Ausweg, und Victoria hätte am liebsten zugegriffen, weil sie spürte, dass was auch immer er ihr gleich sagen würde, alles ändern würde. War es das, was sie wollte? Alles ändern? »Ich … Ich weiß nicht.«

»Du möchtest ihn doch verstehen, richtig?«

Sie nickte.

»Dann musst du über Fiona Bescheid wissen.«

Victoria fand sich damit ab, dass sie es sich anhören musste, und lehnte sich an den nächsten Pfahl, brauchte die Stütze.

»Ich kann mich an keine Zeit erinnern, zu der sie nicht zusammen gewesen wären. Sie haben sich in der Schule kennengelernt und waren von da an unzertrennlich. Nach ihrem Abschluss sind sie nach Dublin gezogen, weil sie sich als Fotomodell einen Namen machen wollte. Shannon nahm einen Job als Barkeeper an, um das Geld für ihren Lebensunterhalt zu verdienen, damit sie sich ganz auf ihre Karriere konzentrieren konnte, die bald richtig an Fahrt gewann. Sie hatte einen tollen Agenten und eine Reihe von Fotografen, die es liebten, mit ihr zu arbeiten.«

Am liebsten wäre Victoria einfach weggelaufen vor dem, was gleich kommen würde. »Was ist passiert?«

»Ich werde dir nur das eine verraten, Liebes. Sie wurde ermordet.«

Victoria hatte das Gefühl, als hätte sie einen Schlag in die Magengrube erhalten. »O Gott«, flüsterte sie.

»Ich überlasse es ihm, dir die Einzelheiten zu erzählen, falls er das will. Ich habe bereits mehr gesagt, als mir zusteht. Er ist unfassbar verschlossen bei diesem Thema. Er spricht überhaupt nicht über sie.«

Victoria brach für Shannon das Herz. Tränen traten ihr in die Augen, liefen ihr über die Wangen.

»Wie du dir vorstellen kannst, ist er nach ihrem Tod nie mehr der Gleiche gewesen. Eine lange Zeit danach haben wir uns in der Familie alle Sorgen gemacht, er könnte Selbstmord begehen, weil er nicht ohne sie leben wollte. Daher haben wir im ersten Jahr aufgepasst, dass immer jemand bei ihm war. Wir haben ihn rund um die Uhr überwacht. Im zweiten Jahr hat er es mit Alkohol versucht und den Großteil dieses und des nächsten Jahres volltrunken verbracht. Als er schließlich diese Phase überwunden hatte, wollten wir ihn in die Entzugsklinik schicken. Aber er stand eines Morgens einfach auf, duschte, zog sich an und ging wieder zurück zu seinem alten Job in die Bar, als wäre nichts geschehen. Das hat er jahrelang so gehandhabt – er ist aufgestanden und zur Arbeit gegangen, hat getan, was nötig war, um zu überleben. Dann, acht Jahre nach dem Mord an Fiona ist er hergekommen und dir begegnet, und seitdem ist er anders.«

»Wie?«, wollte sie mit belegter Stimme wissen. »Wie ist er anders?«

»Er lächelt wieder. Er lacht. Er macht mit. Du hast gar keine Ahnung, was für eine gewaltige Verbesserung das im Vergleich zu dem Zustand vorher ist.«

Sie versuchte, sich mit dem Ärmel die Tränen abzuwischen. »Ich hab mich schon gewundert«, erwiderte sie stockend, »warum es so aussah, als wäre er nur zu einem gewissen Grad bereit für eine Beziehung mit mir. Jetzt weiß ich, es liegt daran, dass er zu mehr nicht imstande ist.«

»Vor einem Jahr noch hätte ich dir uneingeschränkt recht gegeben. Jetzt bin ich nicht mehr so sicher, ob das stimmt.«

»Warum sagst du das?«

»Ich habe eine Menge Zeit mit euch beiden verbracht. Ich hab bemerkt, wie er dich ansieht und dir mit den Augen folgt, wenn du im gleichen Zimmer bist, sich nach dir umschaut, wenn du nicht da bist. Er hat sich so weit auf dich eingelassen, wie es im Moment geht, selbst wenn er das nicht ausspricht.«

»Ich bin mir nicht sicher, was ich mit dieser Information anfangen soll, Seamus.« Sie hatte von Shannons Cousin mehr erfahren, als sie erwartet hatte.

»Was möchtest du denn damit anfangen?«, erkundigte er sich.

»Ich möchte ihn suchen, ihn in die Arme nehmen und ihm sagen, dass ich ihn liebe und auch immer lieben werde, selbst wenn er nicht dazu in der Lage ist, meine Gefühle zu erwidern.«

»Er ist dazu in der Lage. Er weiß es nur noch nicht. Du wirst ihn dorthin führen müssen, wenn du an einer gemeinsamen Zukunft mit ihm interessiert bist. Ist es das, was du möchtest, Vic? Eine gemeinsame Zukunft mit ihm?«

»Ich glaube schon«, antwortete sie leise. »Aber ich kann mich nicht mit ihr messen. Ich fühle mich schrecklich, dass ich das überhaupt ausspreche.«

»Ich verstehe das, dennoch solltest du dich deswegen nicht schlecht fühlen. Wenn ich bedenke, wie er sich bei dir verhält, dann meine ich, dass du ihm mehr bedeutest, als euch beiden klar ist.«

»Soll ich ihm erzählen, dass wir darüber gesprochen haben?«

»Das liegt ganz bei dir, Liebes. Ich kann dir nicht raten, was du tun sollst. Ich wünschte, ich könnte es.«

»Meinst du, es stört ihn, dass du es mir erzählt hast?«

»Wenn das der Fall ist, dann bleibt das zwischen ihm und mir. Mach dir um mich keine Sorgen. Ich kann meine eigenen Schlachten schlagen. Ich hab dir gesagt, was du meiner Meinung nach wissen solltest, weil ich glaube, dass du die Richtige für ihn bist. Ich mag euch beide und freue mich, dass ihr zusammen seid. Ich möchte euch helfen. Meine Absichten waren rein, und das ist es, was ich ihm antworten werde, wenn es nötig wird.«

»Ich weiß das wirklich zu schätzen, Seamus.«

Er breitete die Arme aus, und sie kam bereitwillig zu ihm, ließ sich drücken. »Er kann froh sein, dich in seinem Leben zu haben, und das weiß er. Hab ein wenig Vertrauen in ihn.«

»Ich versuche es«, versprach sie und lächelte zu ihm empor. »Deine Frau kann auch froh sein, dich zu haben.«

»Ja, und das sage ich ihr jeden Tag.«

Victoria lachte über die erwartete Bemerkung. »Wir sehen uns später.« Sie ging zurück in die Krankenstation, tief in Gedanken und traurig wegen dem, was Shannon hatte durchstehen müssen, nachdem er seine große Liebe auf so schreckliche Weise verloren hatte. So viele Dinge ergaben für sie nun Sinn.

Die meiste Zeit wirkte er unbekümmert und sorgenfrei. Trotzdem geschah es immer wieder, dass sie eine gewisse Niedergeschlagenheit an ihm wahrnahm, eine Art Dunkelheit, die ihn erfasste und dazu führte, dass er sich aus der Beziehung zurückzog, meist lediglich einen Tag lang oder zwei, auch wenn er dabei gar nicht körperlich das Haus verließ, in dem sie wohnten. Victoria hatte es gelernt, ihm in diesen dunklen Stunden Raum zu geben. Trotzdem hatte sie sich wieder und wieder gefragt, was der Auslöser dafür war. Jetzt wusste sie es und verstand es, wenigstens im Großen und Ganzen. Wenn sie jetzt bloß noch gewusst hätte, wie sie die Information, die Seamus ihr gegeben hatte, am besten dafür nutzen sollte, die Beziehung zu verbessern …

Tief in ihrem Herzen glaubte sie, dass sie hatten, was nötig war, um aus ihrer Liebesaffäre ein Auf-immer-und-ewig zu machen. Aber das konnte nur passieren, wenn sie es beide wollten. Sie konnte es nicht allein schaffen. Sie grübelte immer noch über ihr Dilemma nach, als sie durch die Eingangstür in die Krankenstation ging. Dr. David Lawrence stand am Empfang und sprach mit Katie Lawry, die hier als Krankenschwester arbeitete, und Anna, der Rezeptionistin.

»Oh, da bist du ja«, empfing David sie. »Ich wollte dich gerade anrufen.«

»Warum? Was ist los?«

»Tiffany Taylor liegt mit Wehen im Untersuchungszimmer Nummer Drei.« Er schaute sie genauer an. »Hast du geweint?«

Sie schüttelte den Kopf. »Nein.«

»Vic … Was ist los?«

»Lass uns später darüber reden.« Während die anderen sie besorgt musterten, nahm sie David Tiffanys Krankenakte aus der Hand und ging durch die Flügeltüren zu den Untersuchungsräumen, klopfte an die Tür mit der Nummer Drei. »Hallo«, begrüßte sie Tiffany, die Besitzerin der Boutique Naughty & Nice, und ihren Ehemann Blaine, den Polizeichef der Insel. »Was höre ich da von Wehen?«

»Wir waren im Bett, als sie plötzlich in einer Pfütze aufgewacht ist«, erklärte Blaine, der ziemlich gestresst wirkte.

»Irgendwelche Kontraktionen?«

»Immer mal wieder. In den letzten zwei Tagen hatte ich so einen rollenden Schmerz, der kommt und geht, und das ziemlich regelmäßig, aber da es sich überhaupt nicht wie die Wehen angefühlt hat, die ich bei Ashleigh hatte, dachte ich, es wären nur Übungswehen.«

»Dann lass uns mal schauen.« Victoria wusch sich die Hände und zog sich Handschuhe an, bevor sie Tiffany in die richtige Position brachte. Da es Tiffanys zweites Kind war, wusste die schon, was sie erwartete.

Victoria untersuchte sie rasch und entdeckte, dass Tiffanys Muttermund komplett geöffnet war. »Sie machen keine halben Sachen, Mrs Taylor. Sie werden jetzt dieses Baby bekommen.«

»Gleich jetzt?«, fragte Blaine und klang panisch. »Der Termin ist erst in einer Woche. Und das hier sollte auf dem Festland passieren.«

»Also, es passiert genau jetzt und hier.«

»Was, wenn etwas schiefgeht oder sie einen Kaiserschnitt braucht?«

»Wir haben alles, was wir brauchen, falls dieser Fall eintreten sollte.«

Nachdem David letztes Jahr das Baby von Janey Cantrell per Notkaiserschnitt entbunden hatte, hatten sie begonnen, die erforderliche Ausstattung für Notoperationen anzuschaffen. Sie wollte nie wieder derart unvorbereitet sein. »Das Beste, was ihr beide tun könnt, ist, euch entspannen und die Atemübungen machen. Bei Ashleigh hatte Tiffany eine leichte Geburt, und es gibt keinen Grund zu der Annahme, dass das hier anders laufen wird.«

Während Victoria noch sprach, verzog Tiffany vor Schmerz das Gesicht. »Ich hab das Gefühl, ich muss pressen.« Sie umklammerte Blaines Hand. »Kann ich pressen?«

»Noch nicht. Lass mich erst alles vorbereiten, und dann holen wir das Baby raus.« Victoria verließ das Untersuchungszimmer, um sich Hilfe zu holen.

»Wie ist die Lage?«, wollte Katie wissen.

»Sie steht kurz vor der Geburt, und ich glaube, es wird nicht lange dauern. Kannst du mir zur Hand gehen?«

»In fünf Minuten gehöre ich ganz dir. Ich muss nur erst ein paar Sachen verschieben.«

»Sei so lieb und bitte Anna, alle Termine von mir für heute Nachmittag abzusagen, ja?« Für Victoria war nichts wichtiger als eine Mutter, die in den Wehen lag.

»Geht in Ordnung.« Katie verschwand, um mit der Rezeptionistin zu sprechen.

»Bist du sicher, dass mit dir alles okay ist?«, erkundigte sich David, als sie sich auf dem Flur begegneten.

»Können wir nach der Arbeit kurz reden? Ich muss jetzt erst mal ein Baby auf die Welt holen.«

»Natürlich.«

»Danke.« David war einer ihrer engsten Freunde, und es gab niemanden, mit dem sie lieber über das geredet hätte, was sie von Seamus erfahren hatte und was sie damit anfangen sollte.

Victoria band sich ihr langes dunkles Haar zu einem Knoten, steckte es fest und schlüpfte in einen Kittel, wusch sich noch einmal gründlich die Hände. Jetzt musste sie sich erst mal auf das Baby konzentrieren, das Tiffany gleich bekommen würde. Sie würde später genug Zeit haben, um zu überlegen, wie es mit ihrem Leben weitergehen sollte.

Kapitel 2

Victoria benutzte ihren Ärmel, um sich den Schweiß von der Stirn zu wischen. »Komm schon, Tiffany. Nur noch einmal pressen.«

»Ich kann nicht«, schluchzte Tiffany.

»Doch, das schaffst du, Baby«, sprach Blaine ihr Mut zu, wie er es schon die letzten beiden Stunden getan hatte.

Es dauerte entschieden länger, als Victoria gedacht hatte, dieses Baby auf die Welt zu bringen. Sie hatte seine Herztöne im Auge, ebenso wie Tiffanys Vitalzeichen. Bislang hielten die beiden sich wirklich gut, trotzdem wollte sie den neuen Erdenbürger jetzt endlich entbinden.

»Warum dauert es so lang?«, wollte Tiffany wissen. »Bei Ashleigh war es insgesamt bloß eine halbe Stunde. Sollte es bei der zweiten Geburt nicht schneller gehen?«

»Das ist jedes Mal anders«, erklärte Victoria, den Blick weiter auf den Monitor gerichtet. »Da kommt eine weitere Wehe.«

Tiffany presste, so fest sie konnte, aber das Baby war störrisch.

»Bald ist es geschafft.« Victoria versuchte immer, bei Geburten optimistisch und unbekümmert zu klingen, weil sie hoffte, dass sie mit dieser positiven Einstellung den Müttern helfen würde. »Ruh dich eine Minute aus, dann probieren wir es noch mal.«

Blaine saß hinter Tiffany auf dem Gebärtisch, hatte die Arme um sie geschlungen und sprach zwischen den Wehen leise mit ihr, während er ihr die Tränen mit einem Taschentuch abwischte und ihr die Stirn mit den feuchten Lappen kühlte, die Katie ihm in regelmäßigen Abständen reichte.

Es klopfte an der Tür, und Katie ging nachsehen, was los war. Sie kam mit einem merkwürdigen Ausdruck auf dem Gesicht wieder. »Jenny Martinez ist hier. Es kann sein, dass sie ebenfalls Wehen hat.«

»Du machst Witze«, erwiderte Victoria.

»Ich wünschte, es wäre so. David ist erst mal bei ihr.«

War das nicht mal wieder typisch, dass genau an dem Tag die Hölle losbrach, an dem sie sich nichts mehr wünschte, als nach Hause zu gehen und mit Shannon zusammen zu sein?

Tiffanys Schwester Maddie McCarthy erschien in der Tür, wirkte aufgeregt und überhitzt, was angesichts ihrer eigenen Schwangerschaft nicht günstig war. »Ich bin so schnell her, wie es nur ging«, erklärte sie.

»Komm rein«, rief Tiffany und streckte eine Hand nach ihrer Schwester aus, die zu ihr geeilt kam und sie umarmte.

»Wie steht's?«, fragte Maddie.

»Schrecklich. Das Baby will einfach nicht raus.«

»Sie macht das großartig«, warf Victoria ein. »Das Kleine hat nur seinen eigenen Kopf.«

»Genau wie seine oder ihre Mutter«, sagte Blaine, was ihm ein schwaches Lächeln von seiner Ehefrau eintrug.

Victoria betrachtete den Monitor und bemerkte den Beginn einer weiteren Kontraktion. »Auf geht's, lass es uns noch einmal versuchen, Tiffany.«

»Komm schon, Süße«, feuerte Blaine sie an, die Arme um sie geschlungen, während er sie von hinten stützte. »Du machst das toll. Ich kann es gar nicht erwarten, unser Baby kennenzulernen.«

Maddie hielt ihre Hand und ermutigte sie ebenfalls, daher presste Tiffany fester als je zuvor.

Victoria verfolgte, wie der Kopf des Babys erschien. »So ist es richtig. Hör jetzt nicht auf, Tiffany. Du hast es fast geschafft.«

Tiffany schrie vor Anstrengung und Schmerz.

Victoria bekam den Kopf des Babys zu fassen und dann die Schultern. »Noch einmal pressen.« Und damit glitt das Baby in Victorias wartende Hände. Sie hielt das Neugeborene hoch und zeigte es den erschöpften Eltern. »Ihr habt ein kleines Mädchen. Glückwunsch. Dad, möchtest du die Nabelschnur durchschneiden?«

»Das überlasse ich lieber dir«, erklärte Blaine und wischte sich und Tiffany die Tränen vom Gesicht.

Victoria trennte die Nabelschnur durch und reichte das Baby an Katie weiter, damit sie es rasch wusch, bevor es seine Eltern kennenlernen konnte. Victoria kümmerte sich um die Plazenta und stellte fest, dass Tiffany einen Dammriss hatte, der mit ein paar Stichen genäht werden musste. Sie ging die notwendigen Schritte nach der Entbindung einen nach dem andern konzentriert durch.

David untersuchte das Baby und erklärte, alles sei in bester Ordnung. Er wickelte die Kleine in eine Decke und brachte sie zu ihren überglücklichen Eltern.

»Meine Güte«, seufzte Blaine. »Schaut euch dieses Gesicht an.«

»Ein weiteres kleines Mädchen, das genauso aussieht wie ihre Mutter«, stellte Maddie fest.

»Drei von der Sorte werden mein Tod sein«, verkündete Blaine, während er gegen neue Tränen ankämpfte.

»Hi, Baby«, flüsterte Tiffany und strich ihrer Tochter mit dem Finger über die Wange.

»Wie soll sie heißen?«, wollte Victoria wissen.

»Adeline Francine Taylor«, antwortete Tiffany. »Adeline ist der Name von Blaines Großmutter und Francine für meine Mutter.«

»Das ist wunderschön«, erwiderte Maddie. »Ich finde es super, und Mom wird außer sich sein vor Freude. Möchtest du, dass ich sie anrufe?«

»Ja, bitte. Alles ist so schnell gegangen, dass ich überhaupt nicht dazu gekommen bin, irgendjemandem Bescheid zu geben. Woher weißt du es?«

»Katie hat es Shane erzählt.« Katies Verlobter Shane und Maddies Ehemann Mac waren Cousins. »Der hat dann Mac angerufen. Wir sind mit der ersten Fähre zurückgekommen, auf der wir unser Auto unterbringen konnten.«

»Ich fühle mich so schlecht, dass ihr eure Reise vorzeitig abbrechen musstet.«

Auf Victorias Vorschlag hin waren Maddie und Mac aufs Festland gefahren, um mit den Spezialisten im Krankenhaus in Providence zu sprechen. Nachdem ihre letzte Schwangerschaft mit einer Fehlgeburt geendet hatte, wollten sie nichts dem Zufall überlassen.

»Es war ja nur ein Tag, den wir außerdem am Strand verbringen wollten«, beruhigte Maddie sie. »Kein Grund zur Sorge.«

»Und ist alles okay?«, wollte Tiffany wissen.

»So weit, so gut. Allerdings ist das Warten das, was am schwersten ist.«

»Du bist schon viel weiter als zu dem Zeitpunkt, an dem du Connor verloren hast.«

»Ich weiß.« Maddie lächelte ihre Schwester an. »Aber heute wollen wir nicht über Trauriges reden. Das hier ist Baby Adelines Tag. Lass mich Mom anrufen, damit sie und Ned mit

Ashleigh herkommen können, um ihr neues Enkelkind und ihre Schwester kennenzulernen.«

»Danke, Maddie.«

»Ich geh rasch und schau nach weiteren Patienten«, verkündete Victoria. »Ich bin gleich wieder bei euch.«

»Danke für alles, Vic«, sagte Tiffany. »Ich hätte diese Schwangerschaft und die Geburt ohne deine Unterstützung nie so gut überstanden.«

»Ich freue mich so sehr für euch alle.« Victoria verließ sie mit einem Lächeln auf dem Gesicht, zog sich ihren Kittel aus und warf ihn in den Wäschekorb. Dann ging sie in ihr Büro, um Shannon eine kurze Nachricht zu schicken. Spontaner Ausbruch von Babys hier. Ich komm heute später.

Er antwortete umgehend. Kein Problem, Liebes. Ich halte dir das Essen warm.

> Mach dir keine Gedanken darum. Ich werde mir hier was besorgen.
>
> Okay, dann sehen wir uns, wenn du heimkommst.

Jedes Mal, wenn sie half, ein Baby auf die Welt zu bringen, fragte sie sich, ob sie selbst jemals die Geburt ihres eigenen Kindes mit einem Mann, den sie mehr liebte als alle anderen, erleben würde. Wenn sie Blaine und Tiffany mit dem neuen Erdenbürger sah, erwachte in ihr die Sehnsucht nach einem eigenen Kind, mit dem Mann, den sie liebte. Interessanterweise hatte sie solche Sehnsüchte nie verspürt, bevor sie Shannon O'Grady begegnet war.

Sie atmete tief durch, so wie sie immer werdende Mütter zu atmen anwies, dann verließ sie ihr Büro, um nach Jenny Martinez zu schauen, einer Erstgebärenden von achtunddreißig Jahren. Victoria hatte Jenny eng überwacht, vor allem während der letzten paar Wochen. Wie Tiffany hatte auch Jenny eigentlich vorgehabt, ihr Kind auf dem Festland zur Welt zu bringen, aber das Baby hatte offenbar andere Pläne.

Victoria konnte es gar nicht erwarten mitzuerleben, wie diese eigenwilligen Babys als Zweijährige sein würden.

»Hallo«, sagte sie zu Jenny und deren Ehemann Alex, als sie in das Behandlungszimmer trat, in dem Jenny an die Überwachungsmonitore angeschlossen war. Alex stand neben dem Bett und hielt ihre Hand, sah genauso gestresst aus wie Blaine vorhin. »Wie geht es dir?«

»Nicht so toll«, antwortete Jenny. »Es tut ziemlich weh. Schlimmer als vermutet.«

»Ich wünschte, ich bekäme einen Dollar von jeder Frau, die zum ersten Mal Mutter wird und die mir das während der Wehen erzählt«, bemerkte Victoria. »Dann lass uns mal nachsehen.« Während der Untersuchung stellte Victoria fest, dass der Muttermund zwar schon ganz weich war, doch erst sieben Zentimeter geöffnet. »Du hast noch ein wenig vor dir, bevor das Baby kommt.«

Jenny stöhnte bei der Nachricht. »Wie viel ist ›ein wenig‹?«

»Drei Zentimeter, aber du machst das toll.«

»Wir hatten nicht vor, das Baby hier auf der Insel zu bekommen«, erklärte Alex mit panischem Blick. »Denkst du, dass alles gut geht?«

»Wir unternehmen alles in unserer Macht Stehende, damit es so sicher wie nur menschenmöglich ist«, beruhigte Victoria ihn. »Wie wir schon in den letzten paar Wochen besprochen haben, kann man natürlich Komplikationen nie komplett ausschließen, auch wenn sie die absolute Ausnahme sind. Ich erwarte keinerlei Schwierigkeiten, und wenn trotzdem etwas passiert, womit wir nicht klarkommen, haben wir den Rettungshubschrauber binnen Minuten hier und schaffen euch nach Providence. Okay?«

Alex nickte zustimmend, obwohl sie erkennen konnte, dass ihn ihre Antwort bloß teilweise zufriedenstellte.

Sie konnte durchaus nachvollziehen, dass er besorgt war. Inselgeburten waren nichts, was man sich wünschte, trotzdem passierten sie. Nicht notwendigerweise zwei an einem Tag, doch Victoria holte im Durchschnitt ungefähr sechs Babys im Jahr hier auf der Krankenstation auf die Welt. Im März hatte sie Laura Lawry von Zwillingen entbunden, als bei ihr die Wehen vorzeitig eingesetzt hatten. Bei ihrer Arbeit war es beinahe etwas Alltägliches, dass Pläne nicht aufgingen.

»Was hältst du von Schmerzmitteln?«, fragte Victoria Jenny.

Die blickte zu Alex, dann sagte sie: »Ich möchte es ohne versuchen.«

»Bist du sicher? Wenn wir noch viel länger warten, wird es zu spät sein.«

»Ich glaube, ich bin mir sicher.«

»Baby, wenn du sie brauchst, dann nimm welche«, bat Alex. »Victoria würde dir nichts geben, was dem Baby schadet.«

»Ich weiß, trotzdem möchte ich es wirklich ohne versuchen.«

»Dann werden wir das so machen«, verkündete Victoria und tätschelte Jenny das Knie. »Ich komme in einer kleinen Weile wieder, um nach dir zu sehen.«

»Danke, Vic.«

David fing sie auf dem Flur ab. »Du musst was essen.«

»Ist schon okay.«

»Es könnte eine lange Nacht werden. Ich werde uns was bei Mario bestellen. Möchtest du das Übliche?«

Sie war sich zwar nicht sicher, ob sie was runterbringen konnte, trotzdem nickte sie. »Klar, das wäre klasse.«

»Ist schon unterwegs. Geh und hau dich ein bisschen aufs Ohr, solange du das kannst. Ich werde dich schon finden, wenn das Essen hier ist, und in der Zwischenzeit habe ich ein Auge auf alle.«

»Danke, David.«

»Gern geschehen.«

Victoria folgte seinem Rat und ging in ihr Büro, löste ihr Haar und streckte sich auf dem Sofa aus, das sie für genau solche Fälle, wenn sie länger in der Krankenstation bleiben musste, auf einem Garagenflohmarkt gekauft hatte. Selten musste sie hier übernachten, aber ab und zu geschah auch das. In gewisser Weise war sie dankbar für die Babyschwemme, weil sie so Zeit erhielt, über ihren nächsten Schritt mit Shannon nachzudenken.

Sie blickte hoch zur Decke, erinnerte sich an den Abend, an dem sie ihn im Beachcomber kennengelernt hatte, am gleichen Tag, an dem er mit seiner Tante Nora, Seamus' Mutter, aus Irland hier eingetroffen war. Er hatte vorgehabt, zwei Wochen zu bleiben und dann wieder mit ihr nach Hause zu fliegen. Victoria war nicht unbedingt stolz darauf, dass sie ihn gleich am ersten Abend mit zu sich nach Hause eingeladen hatte. Das hatte sie vor ihm noch nie getan. Allerdings war es auch eine ganze Weile, genauer gesagt Jahre her gewesen, seit sie sich einem Mann so verbunden gefühlt hatte wie ihm. Und um ehrlich zu sein, er war unfassbar sexy.

Sie musste lächeln, als sie daran dachte, wie sein Charme sie umgehauen hatte, sein Akzent und sein Gesicht, dem keine Beschreibung gerecht werden konnte. Er war die personifizierte männliche Schönheit, mit halblangem braunem Haar, in dem rote Reflexe schimmerten, die im Sommer von der Sonne blond gebleicht wurden, haselnussbraunen Augen und einem Körper, der für die Sünde gemacht war, sowie Lippen perfekt zum Küssen. Bis zum heutigen Tag verwandelte sich ihr Hirn in Brei, wenn er mit diesem melodischen irischen Akzent zu ihr sprach. Er konnte davon reden, den Müll rauszubringen, und das hatte die gleiche Wirkung, wie wenn er ihr süße Worte ins Ohr flüsterte, während sie sich liebten.

Sie schloss die Augen, dachte an das erste Mal, als er ihr stumm aus ihren Kleidern geholfen hatte und sie dann das Gleiche bei ihm hatte tun lassen. Es hatte sie ein wenig verstört, wie leicht sie sich seinem überwältigenden Charme ergeben hatte, aber sobald sie erst mal in ihrem Bett gelandet waren, hatte sie nicht mehr genug Verstand übrig gehabt, um Reue oder Gewissensbisse zu empfinden.

Sie hatte den besten Sex ihres gesamten Lebens in dieser Nacht gehabt – und ungefähr in jeder anderen Nacht seitdem auch. Man konnte mit Fug und Recht behaupten, dass sie süchtig nach ihm war.

Allein der Gedanke reichte aus, dass sie ihn begehrte. Sie schloss die Augen und gestattete es sich, über den Teil ihrer Beziehung nachzusinnen, der reibungslos funktionierte. Alles, was er tun musste, war, sie anzusehen, und schon war sie bereit. So etwas hatte sie nie zuvor bei irgendeinem anderen Typen erlebt, selbst bei Stuart nicht, dem Mann, mit dem sie zwei Jahre lang nach dem College zusammen gewesen war.

Sich an ihn zu binden wäre ein Riesenfehler gewesen. Was wäre gewesen, wenn sie mit ihm oder jemand anderem verheiratet gewesen und dann Shannon begegnet wäre? Wie hätte sie der Versuchung widerstehen sollen, die er darstellte? Sie hatte ihn von der Minute an begehrt, als er sich an der Bar im Beachcomber neben sie gesetzt und sich ein Bier bestellt hatte. Als er sagte: »Ich hätte gern ein Guinness, Liebes«, war es um sie geschehen gewesen.

Selbst die Barkeeperin Chelsea hatte reagiert, wie jede andere gesunde amerikanische Frau es getan hätte, wenn sie mit so viel irischem Sex-Appeal konfrontiert wurde. Der Blick, den sie Victoria zugeworfen hatte, war unbezahlbar gewesen. Aber Shannon … Er hatte nur Augen für sie gehabt, etwas, das nach so vielen Monaten immer noch die Macht hatte, sie zu verblüffen.

Sie hatten vierzehn intensive Tage unter dem Druck der zeitlichen Begrenzung seines Besuches. Sie hatte sogar Urlaub genommen, damit sie mehr Zeit miteinander verbringen konnten, bevor er wieder zurückmusste. Okay, um bei der Wahrheit zu bleiben, sie hatten all diese Urlaubstage in ihrem Bett verbracht, waren lediglich zum Duschen und Essen aufgestanden, ehe sie sich wieder dorthin zurückbegeben hatten. Als dann die Zeit für Nora gekommen war, abzureisen, hatte er Victoria gefragt, ob sie wollte, dass er blieb.

Sie hatte vor Erleichterung geweint, dass sie ihn behalten konnte – für den Moment wenigstens. Er war am selben Tag bei ihr eingezogen und seitdem dortgeblieben, hatte die Hälfte der Miete bezahlt und sich an allen anderen Ausgaben beteiligt, arbeitete als Maat für die Fährgesellschaft, deren Geschäftsführer sein Cousin war. Seamus hatte ein Arbeitsvisum für Shannon besorgt, sodass er sich weiter legal im Land aufhalten konnte.

Unterdessen waren sie in eine befriedigende Routine verfallen, die darin bestand, jede freie Minute miteinander zu verbringen. Sie konnte immer noch nicht genug von ihm bekommen oder davon, wie sie sich fühlte, wenn sie Zeit mit ihm verbrachte.

Aber je länger sie zusammen waren, desto öfter fragte sie sich, was er ihr verschwieg. Die düsteren Stimmungen, seine Weigerung, ihr irgendetwas von seinem Leben in Irland zu erzählen, und seine offenkundige Absicht, das zwischen ihnen leicht und oberflächlich zu halten, statt es ernster werden zu lassen, hatte sie dazu getrieben, sich auf die Suche nach Antworten zu begeben. Sie war zu Seamus gegangen, weil sie herausfinden wollte, warum Shannon zwar mit ihr zusammenleben und Sex haben wollte, sich emotional aber nicht weiter vorwagte.

Jetzt wusste sie es, und nachdem sie gehört hatte, was er durchgemacht hatte, wünschte sie sich, sie hätte es einfach auf sich beruhen lassen.

Ein Klopfen an der Tür riss sie aus ihren Überlegungen. Sie setzte sich auf und fuhr sich mit den Händen durchs Haar. »Herein.«

David steckte seinen Kopf durch die Tür. »Die Pizza ist da. Katie hat gesagt, wir sollen schon mal anfangen, sie kommt dann nach uns an die Reihe. Ist es okay, wenn wir hier drin essen?«

»Sicher.«

Er kam mit der Tüte von Marios italienischem Restaurant herein und stellte alles auf den Couchtisch, der ebenfalls vom Flohmarkt stammte.

Sie öffnete den Behälter mit Pasta Primavera und goss sich italienisches Dressing über den Salat. Wie gewöhnlich hatte sich David Parmesanhähnchen geordert. »Ich hoffe, Jenny mag Knoblaucharoma in ihrem Entbindungszimmer«, erklärte Victoria.

»Sie wird zu sehr damit beschäftigt sein, ihr Baby auf die Welt zu bringen, um es überhaupt zu bemerken. Ich hab grad nach ihr gesehen, und es geht ihr gut. Tiffany gönnt sich ein Nickerchen, während Blaine beim Baby ist. Alles ist in Ordnung.«

»Danke. Was für ein verrückter Tag.«

»Gott sei Dank passiert das nicht sehr oft.«

»Aber echt. Lass uns nur hoffen, dass Sydney Harris sich zusammenreißt und nicht auch noch vorzeitig in Wehen ausbricht.«

»Beschrei es bloß nicht.«

Sie aßen ein paar Minuten lang in einvernehmlichen Schweigen. Dann schaute er sie an. »Und, verrätst du mir jetzt, warum du aussahst, als hättest du geweint, als du aus deiner Mittagspause zurückgekommen bist?«

Kapitel 3

Victoria wischte sich den Mund mit einer der Papierservietten ab, die Mario mit in die Tüte gelegt hatte, dann nahm sie einen Schluck von dem Wasser, das David ihr mitgebracht hatte. »Ich bin zu Seamus gegangen.«

»Okay …«

»Ich habe ihn nach Shannon gefragt. Ich … Ich wollte wissen, warum unsere Beziehung im ersten Gang stecken geblieben zu sein scheint. Nicht dass der erste Gang schlecht wäre. Es ist im Grunde genommen sogar ganz nett, nur …«

»Du möchtest, dass es mehr wird.«

»Ich hatte zumindest gehofft, es *könnte* mehr werden. Irgendwann. Aber jetzt …« Victoria zuckte die Achseln. »Es wird vermutlich nicht passieren.«

»Warum meinst du das? Was hat Seamus gesagt?«

Sie seufzte tief. »Er hat mir von Shannons erster großer Liebe erzählt, Fiona, der Frau, mit der er seit der Schulzeit zusammen war. Und dann ist sie ermordet worden.«

»O mein Gott. Wie?«

»Seamus findet, das müsste ich von Shannon erfahren, wenn er sich denn dazu entschließt, mit mir darüber zu sprechen. Er wollte Shannon nicht zu weit vorgreifen.«

»Und Shannon hat sie dir gegenüber nie erwähnt?«

Victoria schüttelte den Kopf. »Ich hatte den Namen noch nie zuvor gehört.«

»Oh, wow.«

»Ich weiß nicht, was ich mit dieser Information anfangen soll, David. Soll ich ihm einfach sagen, dass ich von ihr weiß, oder soll ich seinen offenkundigen Wunsch respektieren, nicht über sie zu reden? Gebe ich mich mit der guten Sache, die wir zusammen haben, zufrieden, oder mache ich einen Riesenaufriss in der Hoffnung, dass es zu etwas noch viel Besserem werden könnte?«

»Das ist auf jeden Fall eine schwierige Entscheidung. Wird er auf Seamus sauer sein, weil er es dir erzählt hat?«

»Seamus meint, vermutlich nicht, aber wenn es so ist, werden sie es untereinander klären.«

Nach einer längeren Stille, in der Victoria in ihrem Essen herumstocherte, während David seine Portion mit seiner gewohnten Begeisterung für alles Essbare verputzte, blickte er sie an. »Letzten Endes kommt es darauf an, was du möchtest. Es ihm gegenüber anzusprechen ist ein Risiko. Es kann sein, dass er nicht von dir über sie befragt werden will. Das könnte einen Keil zwischen euch treiben, doch es könnte euch auch näher zusammenbringen. Vielleicht hat er versucht, den richtigen Zeitpunkt zu finden, um dir von ihr zu erzählen. Es ist unmöglich vorherzusagen, wie es ausgehen wird. Bist du bereit, in Kauf zu nehmen, dass er sich darüber ärgert, dass du von ihr weißt?«

»Nein, dazu bin ich nicht bereit, und ich möchte auf keinen Fall irgendetwas tun, wodurch schmerzhafte Erinnerungen für ihn geweckt werden, aber ich fühle mich, als würde der Geist seiner ermordeten Liebsten mitten in unserer Beziehung stehen. Das mit uns wird sich nicht weiterentwickeln, wenn wir uns ihr nicht stellen.«

»Und bist du dir sicher, dass es das ist, was du willst? Dass es sich weiterentwickelt?«

»Ja, ich möchte alles mit ihm. Ich bin verrückt nach ihm. Und das schon von Anfang an.«

»Ich weiß«, antwortete er mit einem Grinsen. »Ich war da und musste mir die ganzen schrecklichen Einzelheiten anhören.«

»Da war überhaupt nichts schrecklich dran.«

»Das hängt davon ab, auf welcher Seite der Unterhaltung du warst.«

Victoria lachte. »Das stimmt vermutlich.« Sie seufzte wieder. »Ich habe solche Angst, das bei ihm anzusprechen. Das Letzte, was ich möchte, ist, ihn verletzen.«

»Vielleicht könntest du das Thema anschneiden, ohne ihren Namen zu erwähnen. Du könntest sagen ›Ich verstehe, dass du Gründe hast, weswegen du nicht möchtest, dass das hier mehr wird, als es bereits ist, aber ich hatte gehofft, wir könnten über die Zukunft reden und wohin wir unterwegs sind.‹ Dadurch hättest du eine Chance, ihn wissen zu lassen, was du möchtest, und zu hören, was er denkt.«

»Warum wird mir allein bei dem Gedanken daran, genau das zu tun, übel?«

»Weil du fürchtest, etwas zu verlieren, das dir sehr wichtig geworden ist.«

»Ich möchte ihn auf keinen Fall verlieren«, erklärte sie leise und blinzelte die Tränen zurück, die ihr das Gefühl gaben, schwach zu sein. Victoria Stevens, examinierte Hebamme und Krankenschwester, die sich nichts gefallen ließ und grundsätzlich glücklich war, weinte nicht wegen Männern. Wenigstens hatte sie das nie zuvor getan, selbst dann nicht, als sie mit Stuart Schluss gemacht hatte, bevor er sie bitten konnte, ihn zu heiraten, weil sie seinen Antrag auf jeden Fall abgelehnt hätte.

David legte einen Arm um sie, und Victoria lehnte ihren Kopf an seine Schulter.

»Danke, dass ich das bei dir abladen durfte.«

»Du kannst jederzeit alles bei mir abladen. Das ist es, wofür Freunde da sind.«

»Ich muss nach meinen Patienten schauen.«

»Ich übernehme Tiffany und das Baby, du konzentrierst dich auf Jenny.«

»Danke, dass du hierbleibst, um mir zu helfen.«

»Das tu ich doch gern.«

Victoria verließ das Büro, um ihr übrig gebliebenes Essen in den Kühlschrank zu räumen. Danach ging sie in den Waschraum, um sich kurz die Zähne zu putzen, damit sie die arme Jenny nicht mit ihrem Knoblauchatem umhaute. Dann steckte sie sich das Haar wieder hoch und betrachtete sich nachdenklich im Spiegel.

Selbst nachdem sie ihrem Herzen bei David Luft gemacht hatte, war sie einem Plan nicht näher als zuvor. Allerdings gefiel ihr sein Vorschlag, anzudeuten, dass sie über Fiona Bescheid wusste, ohne es direkt auszusprechen. Das wäre jedenfalls besser, als Shannon offen mit seinem schmerzlichen Verlust zu konfrontieren. Da sie im Moment nichts wegen ihres eigenen Lebens unternehmen konnte, ging sie zu Jenny und dem Baby, das sie und Alex heute Nacht willkommen heißen würden.

* * *

Blaine konnte sich einfach nicht an seiner kleinen Tochter sattsehen, die in seinen Armen schlief. Alles an ihr faszinierte ihn, angefangen bei dem leichten Zucken ihrer hauchzarten Augenbrauen, über das leichte Schmollen ihrer fein gezeichneten Lippen bis zu dem Klammergriff ihrer winzigen Hand um seinen Finger. Er war völlig hin und weg von ihr.

Adeline … Seine Großmutter würde sich so freuen, wenn sie den Namen des Babys erfuhr. Er hatte eine Tochter mit dem Namen *Adeline*. Tiffany hatte gesagt, sie würden sie

Addie nennen, da Adeline ein zu langer Name für ein so kleines Mädchen sei. Damit war er einverstanden. Nach dem, was Tiffany ihm heute geschenkt hatte – und an jedem Tag, seit er so klug gewesen war, sie zu heiraten –, konnte sie von ihm haben, was immer sie wollte.

Genau da wachte sie mit einem Stöhnen auf, das ihn sogleich alarmierte.

»Was ist los, Süße?«

»Mir tut alles weh.« Sie legte sich anders hin und verzog das Gesicht. »Sogar meine Haare tun weh. Ich hatte völlig vergessen, wie schlimm es beim ersten Mal danach war.«

Blaine stand auf, ohne das Baby abzulegen, und bewegte sich ganz vorsichtig, damit er seine kostbare Last bloß nicht fallen ließ. »Lass mich sehen, ob ich dir was gegen die Schmerzen besorgen kann.«

»Gleich. Erst möchte ich sie mir anschauen.«

Er drehte sich, sodass sie das kleine Gesichtchen sehen konnte. »Ist sie nicht süß?«

»Aber so was von.«

»Ganz genau wie ihre Mama und ihre große Schwester«, erwiderte er und beugte sich über das Bett, um Tiffany einen Kuss zu geben. »Ich frag mal bei Vic und David nach, ob sie dir irgendetwas geben können, dass du dich wohler fühlst.« Widerstrebend reichte er ihr das Baby, hoffte insgeheim, sie würde sie ihm wieder überlassen, wenn er zurückkehrte. Er war lange noch nicht damit fertig, sie im Arm zu halten.

Blaine ging zur Rezeption, wo David und Katie an den Computern arbeiteten.

»Wie geht es Tiffany?«, erkundigte sich Katie.

»Sie hat Schmerzen. Habt ihr irgendetwas, was ihr ihr dagegen geben könnt?«

»Ja, klar. Ich bringe ihr gleich etwas.«

»Danke.«

Blaine war schon auf dem Rückweg zu Tiffanys Zimmer, als ein Ruf vom anderen Ende des langen Flures seine Aufmerksamkeit erregte. Ashleigh wand sich aus den Armen ihrer Tante Maddie und rannte auf ihn zu. Er bückte sich, um sie hochzuheben, und liebte es, wie sie ihm die Ärmchen um den Hals schlang und ihn so fest drückte, dass er beinahe keine Luft mehr bekam.

Lachend küsste er seine Stieftochter auf die Wange. »Freut sich da etwa jemand darauf, seine kleine Schwester kennenzulernen?«

»Was meinst du?«, fragte Maddie, als sie sie einholte.

»Kann ich sie sehen?«, wollte Ashleigh mit vor Aufregung ganz großen Augen wissen. Sie hatte das dunkle, glänzende Haar und die feinen Gesichtszüge ihrer Mutter.

»Auf jeden Fall, allerdings musst du vorsichtig mit ihr sein und mit Mommy auch, okay? Sie ist nach der Geburt müde.«

»Okay.«

Blaine trug sie ins Zimmer. »Wir haben einen ganz besonderen Besucher, Mommy.«

»Hey, Süße«, sagte Tiffany und strahlte beim Anblick ihrer Erstgeborenen auf.

Blaine setzte Ashleigh neben Tiffany aufs Bett und trat dann einen Schritt zurück, um zu beobachten, wie Ashleigh ihre kleine Schwester das erste Mal sah.

Tiffany legte Ashleigh das Baby in die Arme. »Das hier ist Adeline, aber wir werden sie Addie nennen.«

»Sie ist so klein!«

»Ich weiß, und wir werden ganz besonders vorsichtig mit ihr sein müssen.«

»Das werde ich. Ich werde *so* gut auf sie aufpassen.«

Tiffany musste Tränen wegblinzeln und schaute zu Blaine, streckte eine Hand nach ihm aus.

Er kam zu seiner Familie, nahm die Hand der Frau, die ihm alles gegeben hatte, und sein Herz floss schier über vor Liebe zu seinen drei Mädchen.

»Lass mich rasch das erste Foto der neuen Familie machen«, verkündete Maddie und hielt ihr Handy hoch. »Blaine, bitte näher zu Tiffany.«

»Nichts, was ich lieber täte«, versetzte er mit einem Grinsen für seine Ehefrau.

»Leg das besser auf Eis, Kumpel. Keine außerplanmäßigen Aktivitäten in den nächsten sechs Wochen.«

»Was heißt das, Mami?«, erkundigte sich Ashleigh. »Außenbahntivität?«

Blaine musste lachen. »Ja, Mami, was heißt das wohl?«

»Das heißt«, entgegnete Tiffany mit einem beredten Blick zu ihm, »dass Blaine seine Hände bei sich behalten muss – wortwörtlich – und zwar sechs Wochen lang.«

Er lachte schnaubend über diese doppeldeutige Antwort.

»Das erzählen sie uns im Camp«, erklärte Ashleigh. »Das solltest du eigentlich wissen, Blaine, weil du ja Polizist bist.«

»Ich weiß, Süße«, sagte er mit einem leidgeprüften Seufzen und einem gespielten Stirnrunzeln für Tiffany. »Mach dir keine Sorgen.«

»Alle mal lächeln«, verlangte Maddie und nahm das erste Foto von allen vieren zusammen auf.

Blaine, der die ganze Zeit über nicht aufgehört hatte zu lächeln, gehorchte gerne und sandte das Bild, sobald Maddie es ihm weitergeleitet hatte, an seine Familie und ließ sie wissen, dass Tiffany und das Baby morgen zu Hause sein würden, wenn sie sie besuchen wollten. Er hegte keinen Zweifel daran, dass sie vor ihrer Tür Schlange stehen würden. Seine Eltern freuten sich so, dass er jetzt Vater wurde.

Nach einem Besuch von einer Stunde, der noch aufregender geworden war, als Tiffanys Mutter Francine und ihr Stiefvater

Ned aufgekreuzt waren, schnappte sich Maddie Ashleigh, um sie mit zu sich nach Hause zu nehmen, wo sie bei ihrem Cousin Thomas und ihrer Cousine Hailey übernachten durfte.

»Sie ist ganz schön aufgedreht, was?«, fragte Blaine Tiffany, nachdem alle wieder fort waren.

»Sie wird die beste große Schwester überhaupt werden. Also mit Ausnahme von Maddie, natürlich.«

»Natürlich. Ich bin so froh, dass Ashleigh eine Schwester hat. Ich weiß, wie sehr du deine liebst.«

»Stimmt. Aber weißt du, was das heißt?«

»Was denn?«

»Wir müssen noch mal ran und versuchen, dir einen Sohn zu beschaffen.«

»Es ist mir überhaupt nicht wichtig, einen Sohn zu haben. Ich liebe meine drei Mädchen.«

»Trotzdem … ich würde mich durchaus auf ein weiteres Baby einlassen, wenn du magst.«

»So redest du jetzt, nachdem Katie dir Schmerzmittel gegeben hat. Wenn ihre Wirkung nachlässt, bist du vielleicht ganz anderer Meinung. Und PS, ich mag immer Babys mit dir machen.«

»Ich möchte das mit einem Jungen versuchen.«

»Aber nicht heute«, erwiderte er mit einem neckenden Grinsen.

Sie stöhnte. »Oder überhaupt irgendwann bald.«

»Keine außerplanmäßigen Aktivitäten, Mami.«

»O Gott! Ich kann nicht glauben, dass sie mich wirklich gefragt hat, was das heißt!«

»Ich schon. Sie ist ein kleiner Papagei. Wenn du es sagst, sagt sie es auch.«

»Ich weiß. Das ist schrecklich. Ich muss so aufpassen, wenn ich den Mund aufmache. Was, wenn sie ins Sommercamp geht und überall rumerzählt, Mommy und Blaine hätten über außerplanmäßige Aktivitäten geredet?«

»Ich bin der Polizeichef, Süße. Niemand wird dich verhaften.«

»Gott sei Dank.«

Addie wachte mit einem kleinen Quieken auf, das zu den niedlichsten Geräuschen gehörte, die Blaine je untergekommen waren. »War Ashleigh wie sie als Baby? Ich hasse es, dass ich diese Zeit mit ihr versäumt habe.«

»Sie sah genauso aus wie Addie, und sie ist auch immer mit so einem leicht beleidigten Quieken aufgewacht. Das hatte ich ganz vergessen.«

Aus Addies Quieken wurde lautes Geheul.

»Ist da jemand hungrig?«, fragte Tiffany ihre neugeborene Tochter.

»Woher weißt du das?«, wollte Blaine neugierig wissen.

»Sie ist nicht nass, und sie ist gerade erst aufgewacht, also nicht müde. Simples Ausschlussverfahren.«

Er verfolgte fasziniert, wie sie ihr Krankenhaushemd vorne aufknöpfte und das Baby anlegte. »Das ist so sexy und ohne Zweifel das Coolste, was ich in meinem ganzen Leben gesehen habe.«

Sie lächelte ihn an und rutschte vorsichtig in die Mitte des Bettes. »Komm doch näher zu uns.«

Vorsichtig, um sie nicht anzustoßen, setzte er sich aufs Bett und schlang die Arme um sie, zog sie an sich, sodass sie sich mit dem Rücken gegen ihn lehnen konnte, während sie das Baby stillte.

»Ah, das ist besser«, erklärte sie mit einem zufriedenen Seufzen.

»Das hier ist der großartigste Tag meines ganzen Lebens, Tiffany. Ich danke dir so sehr für sie – und für alles andere. Du und Ashleigh und jetzt unsere kleine Addie … Ich liebe euch alle so wahnsinnig.«

Den Kopf an seine Schulter gelehnt, lächelte sie zu ihm hoch. »Und wir lieben dich auch. Du denkst, ich hätte dir so viel gegeben, aber du hast das Gleiche für mich getan. Du hast so lange auf mich gewartet, bis ich frei war für dich.«

Er fuhr ihr mit einem Finger über die Wange. »Auf dich zu warten – und auf unsere Familie – war das Beste und Klügste, was ich je getan habe.«

Kapitel 4

Als Jenny morgens um eins so weit war, mit dem Pressen anzufangen, vermutete Victoria, dass sie ihre Entscheidung, auf Schmerzmittel zu verzichten, längst bereute. Jenny hatte trotz Alex' beständiger Unterstützung und Ermutigung Probleme, sich auf ihre Atmung zu konzentrieren. Ihre Freundin Erin Barton war gegen zehn dazugekommen und stand auf der anderen Seite des Bettes, wischte Jenny das Gesicht mit kühlen Tüchern ab und gab ihr Eisstückchen zum Lutschen.

Victoria bereitete das Bett und das Zimmer für die Geburt vor, ging noch einmal die Checkliste durch. Sie beherrschte die nötigen Schritte im Schlaf und überprüfte jetzt noch einmal alle Details. Ihre oberste Priorität war es, dafür zu sorgen, dass alles sicher und für die werdende Mutter so angenehm wie möglich ablief und natürlich, dass das Baby gesund auf die Welt kam.

Auch wenn sie es vorgezogen hätte, eine so spät Gebärende nicht auf der Insel zu entbinden, war Victoria entschlossen, das Ihre zu tun, dass es keine Komplikationen gab, und David und Katie waren in der Nähe, falls sie sie brauchte.

Sie schaute auf den Monitor, wartete auf die nächste Wehe. »Also gut, Jenny. Dann holen wir dieses Baby mal auf die Welt. Bei der nächsten Wehe musst du pressen.«

Es dauerte noch eine lange, anstrengende Stunde, bevor Jennys Sohn endlich tatsächlich da war, vor Wut schreiend wegen des hellen Lichts, des Lärms und der allgemeinen Unbehaglichkeit, die Gebärmutter zu verlassen. Er war absolut perfekt – und wog fast acht Pfund.

»Ihr habt einen Sohn«, teilte Victoria Jenny und Alex mit, die von ihren Gefühlen überwältigt waren. Sie musste sich selbst ein paar Tränen wegwischen, da sie den langen und schwierigen Weg kannte, den Jenny hinter sich hatte, seit sie ihren Verlobten bei den Anschlägen vom 9. September auf das World Trade Center verloren hatte. Erst viele Jahre später hatte sie sich in Alex verliebt und war jetzt Mutter geworden.

Katie wusch das Baby schnell und wickelte es in eine Decke, bevor sie es zu seinen begeisterten Eltern und Tante Erin brachte, der Zwillingsschwester von Jennys verstorbenem Verlobten.

»Hallo, kleiner Mann«, sagte Jenny leise zu dem Baby, das sie mit seinen großen, dunklen Augen ansah. Es hatte wenig und dunkles Haar sowie die olivfarbene Haut seines Vaters.

»Wie soll er heißen?«, fragte Victoria, während sie sich weiter um Jenny kümmerte.

»George Alexander Martinez, der Zweite«, antwortete Jenny. »Nach Alex' Vater.«

»Wie schön«, bemerkte Erin. »Er sieht wie ein George aus.«

»Mein Vater würde sich so freuen«, flüsterte Alex und wischte sich ein paar Tränen weg.

George ließ einen lauten Schrei hören.

»Ich vermute, der kleine Kerl ist hungrig«, meinte Victoria. »Schauen wir mal, wie ihm das Stillen gefällt.«

Zwei Stunden später war Victoria todmüde, hatte aber zwei erfolgreiche Entbindungen hinter sich und zwei stillende Mütter, denen es gut ging. David hatte beide Babys untersucht und sie für gesund und munter erklärt.

Es war ein großartiger Tag für das Team der Krankenstation gewesen – oder waren es jetzt schon zwei Tage?

»Geht nach Hause«, trug David Victoria und Katie auf. »Ich halte hier die Stellung.«

Victoria hätte mit ihm diskutiert, doch er hatte es sich zur Gewohnheit gemacht, vor Ort zu bleiben, wann immer sie einen Patienten stationär aufnahmen. Außerdem war sie so verdammt müde, dass sie kaum noch stehen konnte, geschweige denn diskutieren.

»Ich lasse alle deine Termine bis morgen Mittag verlegen«, verkündete er. »Schlaf mal aus.«

»Du bist der beste Boss, den ich je hatte.«

»Ich liebe es, wie sie das sagt, als wenn nicht *sie* der Boss hier wäre.«

Katie lachte. »Aber echt.«

»Was auch immer«, entgegnete Victoria und gähnte. »Ich bin hier raus.«

»Ich will mein Bett und meinen Mann«, erklärte Katie, während sie mit Victoria über den dunklen Parkplatz ging, auf dem wegen ihrer Patienten viel mehr Autos als sonst standen.

»Geht mir genauso.« Victorias Magen schmerzte bei dem Gedanken, dass sie mit Shannon darüber würde sprechen müssen, was sie von Seamus erfahren hatte. Das würde allerdings nicht heute Abend geschehen. Sie würde warten und den Zeitpunkt sorgfältig auswählen. »Schlaf gut, und danke, dass du geblieben bist.«

»Natürlich. Kein Problem.«

Sie, Katie und David waren ein gutes Team, unterstützten einander gegenseitig bei den verschiedenen Herausforderungen, die sich ihnen als der einzigen medizinischen Versorgungseinrichtung auf der Insel täglich stellten. Dass sie auch gute Freunde waren, machte ihre Zusammenarbeit sehr viel angenehmer, als sie es sonst gewesen wäre.

Nachdem sie vor fünf Jahren die Weiterbildung zur diplomierten Hebamme abgeschlossen hatte, war Victoria nach Gansett Island gekommen, um hier ein Jahr zu verbringen und mehr Erfahrung als Hebamme zu gewinnen, bevor sie sich Größerem und Besserem zuwandte. Aber Gansett hatte seinen Zauber gewirkt, und jetzt fühlte sie sich hier zu Hause. Sie liebte es, den Müttern auf der Insel eine ausgezeichnete pränatale Versorgung zu bieten, und mochte es, dass sie hier wirklich gebraucht wurde.

Unterdessen konnte sie sich nicht mehr vorstellen, irgendwo anders zu leben als auf dieser abgelegenen Insel, wo sie ein so glückliches Leben führte. Und dieses Leben war sogar noch besser geworden, seit vor einem Jahr Shannon O'Grady aufgetaucht war.

Sie fuhr zu dem kleinen Haus in der Nähe des Salzsees, das sie mit ihm bewohnte, nahe genug, um die Meeresluft zu riechen, was zusammen mit der atemberaubenden Aussicht eine der Sachen war, die ihr an der Insel am besten gefielen.

Shannon hatte das Außenlicht für sie angelassen, und sie ging auf Zehenspitzen hinein, hoffte, dass sie ihn nicht aufwecken würde. Er musste früh am nächsten Morgen auf die Fähre.

Im Badezimmer zog sie sich ein übergroßes T-Shirt an und putzte sich die Zähne, bevor sie ins Schlafzimmer schlich, wo sie ihr Telefon neben dem Bett an den Strom hängte. Sie achtete immer darauf, dass sie auf jeden Fall für ihre werdenden Mütter erreichbar war, die sich ja auf sie verließen.

Als sie ins Bett krabbelte, streckte Shannon die Arme nach ihr aus, wie er es jede Nacht tat, wenn sie zusammen ins Bett gingen.

»Habe ich dich geweckt?«, wollte sie wissen.

»Nein, ich habe nur gedöst und auf dich gewartet.«

Und wenn sie ewig leben würde, würde sie es doch nie müde werden, seinem wunderschönen Akzent zu lauschen. Sie atmete tief ein und wieder aus, und ihr tat alles weh, als sie sich daran erinnerte, was Seamus ihr erzählt hatte. Wenn sie darüber nachdachte, was Shannon durchgemacht hatte, brach es ihr das Herz.

»Langer Tag, Schatz?«

»Lang, aber gut, mit zwei gesunden neuen Babys. Tiffany Taylor hat ein Mädchen namens Adeline bekommen und Jenny Martinez ihren Sohn George.«

»Das sind tolle Neuigkeiten.«

»Es ist immer eine große Erleichterung, wenn die Geburten auf der Insel ohne Komplikationen ablaufen.«

»Das ist ja meistens der Fall, wenn du was damit zu tun hast.«

»Das ist das Ziel.« Sie gähnte und wandte sich ihm zu. »Wie war dein Tag?«

»Nicht so ereignisreich wie deiner.«

Sie gab ihm einen Kuss. »Ich hab dich heute vermisst.«

»Du hast mir auch gefehlt. Es ist nicht dasselbe, wenn du nicht zu Hause bist. Es ist viel zu still. Ich bin für eine Weile zu Seamus rübergegangen. Dort ist es definitiv nicht still.«

Sie wollte sich nach Jackson erkundigen und nach seinen Problemen im Camp, aber dann hätte sie ihm verraten müssen, dass sie Seamus getroffen hatte. Also fragte sie nicht. »Das sind doch gute Neuigkeiten. Es freut mich immer zu hören, wenn die Jungs sich genauso wie kleine Jungs verhalten.«

»Das tun sie auf jeden Fall. Wir haben im Garten Football mit ihnen gespielt, und ich hab ein paar neue blaue Flecken.«

»Oh, du Armer.«

Er schob sein Bein zwischen ihre und zog sie näher an sich. »Du könntest dafür sorgen, dass es mir besser geht.«

Victoria lachte über sein leicht durchschaubares Manöver. Plötzlich war sie nicht mehr so müde wie noch vor wenigen Minuten. Ihm so nah zu sein hatte immer den gleichen Effekt auf sie: Wenn er bei ihr war, wollte sie ihn. Es war eine der einfachen Tatsachen ihres Lebens.

»Aber wenn du zu müde bist …«

Sie küsste ihn, ließ all die Liebe, die sie für ihn empfand, in diesen Kuss einfließen, wünschte, dass sie den Schmerz, den er in sich trug, wegnehmen könnte, selbst wenn er nie darüber sprach.

Er rollte sie unter sich, küsste sie auf Gesicht und Hals.

Victoria fragte sich, ob er sich an seine verlorene Liebe erinnerte, wenn er so mit ihr zusammen war. Schloss er die Augen und stellte sich vor, sie wäre jemand anders? Der Gedanke an diese Möglichkeit brach ihr das Herz, und ihr traten Tränen in die Augen, von denen sie hoffte, er würde sie nicht bemerken.

Sie waren so weit gekommen seit der Nacht, in der sie sich begegnet waren, oder zumindest hatte sie das gedacht. Als er ihr aus dem T-Shirt half, das sie zum Schlafen angezogen hatte, und eine Spur von Küssen über ihren Bauch zog, dachte sie an die Vorkehrungen, die sie am Anfang getroffen hatten und die sie zu dem Glauben verleitet hatten, dass sie eine ernsthafte Beziehung eingingen. Sie hatten sich testen lassen, sodass sie Sex ohne Kondom haben konnten, und waren offiziell zusammengezogen, nachdem sie in diesem ersten Monat jede Nacht miteinander verbracht hatten. Jetzt teilten sie Tisch und Bett und Rechnungen und ein Leben, das ihr mehr bedeutete als alles, was sie zuvor gehabt hatte.

Sie hatte noch nie mit einem Mann zusammengelebt oder so eine Art Beziehung geführt wie mit Shannon, aber jetzt hatte sie Grund, sich zu fragen, ob sie sich tatsächlich ein gemeinsames Leben aufgebaut hatten oder nur ein Kartenhaus, das unter dem Gewicht seiner Vergangenheit zusammenbrechen würde.

Und warum hatte er ihr nicht selbst von Fiona erzählt? Nach all der Zeit, die sie miteinander verbracht hatten, wie konnte er da einen so großen Teil von sich selbst vor ihr verborgen halten?

»Wo bist du gerade, Liebste?«, fragte er und presste sich gegen sie.

»Ich bin hier«, erwiderte sie und griff nach ihm. »Ich bin genau hier.«

Er stieß sich in sie, füllte sie so herrlich aus. Ihr Herz floss vor Liebe zu ihm über, vor Verlangen, alles mit ihm zu haben. Sie wollte kleine irische Babys, die genau wie er aussahen, und sehnte sich danach, sie mit ihm an ihrer Seite aufwachsen zu sehen.

Victoria hatte solche Gedanken nicht oft gehabt, weil sie immer gespürt hatte, dass ihn etwas davon abhielt, sich voll auf ihre Beziehung einzulassen. Jetzt, da sie wusste, warum, war es, als hätten sich Schleusentore geöffnet, und all die Dinge, die sie so verzweifelt wollte, drängten an die Oberfläche und ließen sie sich an ihn klammern, während er sie liebte.

Sie waren lange genug zusammen, dass er spürte, dass etwas nicht stimmte. »Was ist los, Vic? Warum bist du so angespannt?«

»Es tut mir leid«, erwiderte sie, unfähig, einfach loszulassen und sich nach dem emotional anstrengenden Tag, den sie hinter sich hatte, zu entspannen. Sehr bald schon würde sie keine andere Wahl haben, als irgendetwas mit den Informationen, die Seamus ihr gegeben hatte, anzufangen. Aber nicht jetzt, nicht heute Nacht. Sie schlang die Beine um ihn und strich ihm mit den Fingern durch das volle Haar, das sich an den Enden lockte.

»Bist du dir sicher, dass alles in Ordnung ist?«

»Es geht mir gut. Hör nicht auf.«

Er fasste sie fester an den Hüften und beschleunigte seine Bewegungen.

Normalerweise konnte sie keinen klaren Gedanken fassen, wenn er in ihr war, aber heute Nacht war das Verlangen nicht genug, um die Unsicherheit, die ihr Denken beherrschte, zu vertreiben.

»Sag mir, dass du gleich so weit bist, Liebste«, sagte er gepresst.

»Fast da.« Was nicht stimmte. Sie hatte es bisher mit ihm noch nie vorgetäuscht. Das hatte sie nie gemusst.

»Du fühlst dich so gut an.«

Victoria klammerte sich an ihn, kämpfte gegen den emotionalen Feuersturm, der jede Sekunde losbrechen konnte.

»Vic«, sagte er und hörte sich fast verzweifelt an, als er mit einem Keuchen seinen Höhepunkt erreichte.

Sie konnte es nicht über sich bringen, vorzutäuschen, dass sie auch gekommen war. Stattdessen streichelte sie ihm den Rücken und ließ ihre Finger weiter durch sein seidiges Haar gleiten.

»Was ist los?«, fragte er nach einer langen Stille. »Wenn du zu müde warst, hättest du das sagen können.«

»Ich weiß. Tut mir leid.«

»Du willst mir nicht verraten, was dir durch den Kopf geht?«

»Nicht jetzt, falls das okay ist.«

Er zog sich aus ihr zurück und rollte sich auf den Rücken, schlang den Arm um sie und drückte sie an sich. Schließlich bettete er ihren Kopf auf seine Brust, was normalerweise ihr Lieblingsplatz zum Schlafen war. Aber jetzt hatte sie Grund, sich zu fragen, ob sein Herz wirklich für sie so schnell und heftig schlug, oder ob es immer der Frau gehören würde, die er geliebt und so tragisch verloren hatte.

»Was auch immer es ist«, sagte er sanft, in einem Tonfall, der ihre Seele berührte, »ich hoffe, du weißt, dass du mit mir reden kannst.«

»Weiß ich.« Victoria schloss die Augen, weil ihr wieder die Tränen kamen. Sie fühlte sich wund und ausgeliefert, als wenn ihr Herz außerhalb ihres Körpers wäre, ungeschützt. Wenn sie sich jetzt erlauben würde zu weinen, hatte sie Angst, dass sie nie wieder aufhören würde.

Erschöpfung rettete sie, schenkte ihr das Vergessen, das nur der Schlaf bringen kann.

* * *

Es war immer noch dunkel, als Victoria vom Klingeln ihres Handys geweckt wurde. Mit einem Stöhnen löste sie sich aus der Wärme von Shannons Umarmung, um nach dem Telefon zu greifen, nahm es mit ins Badezimmer, wo sie die Tür schloss, um ihn nicht zu stören.

»Victoria hier.«

»Hier spricht Luke Harris. Ich glaube, Syd hat Wehen. Es ist ganz schnell und plötzlich losgegangen.«

»Kannst du sie in die Krankenstation bringen?«

»Das glaube ich nicht. Sie sagt, dass sie jetzt pressen muss.«

Im Hintergrund konnte Victoria Sydney schreien hören. »Ich bin in zehn Minuten da.«

»Vielen, vielen Dank.«

Victoria legte auf und suchte Davids Nummer in ihrer Kontaktliste.

»Dr. Lawrence«, murmelte er.

»David, wach auf. Sydney Harris liegt zu Hause in den Wehen, und es geht schon ganz heftig zur Sache. Kannst du hinfahren? Ich springe gleich ins Auto.« Sie sah ihn vor ihrem geistigen Auge, wie er auf dem Sofa in seinem Büro lag.

»Klar.«

»Bist du wach?«

»Jetzt ja.«

»Beeil dich.«

»Bin schon unterwegs.«

Victoria zog sich so schnell an, wie sie konnte, putzte sich rasch die Zähne und zog sich einen Kamm durchs Haar, schnappte sich die Tasche, die sie für alle Fälle stets zu Hause bereitstehen hatte. Sie enthielt die wichtigsten Sachen, die sie brauchen würde, wenn auch nicht alles. Sie ließ eine Nachricht für Shannon da und machte sich auf den Weg. Aus dem Auto rief sie Katie an.

»Tut mir leid, dass ich dich wecke, aber Sydney Harris liegt zu Hause in den Wehen. Ich brauche einige Dinge aus der Krankenstation. Kannst du mir helfen?«

»Natürlich«, erwiderte Katie und hörte sich hellwach an, auch wenn sie vor einer Minute noch tief geschlafen haben musste.

Victoria gab ihr eine Liste mit den Sachen durch, die sie brauchte.

»Hast du David Bescheid gesagt?«

»Er ist schon auf dem Weg. Ich wollte ihn nicht aufhalten, indem ich ihn nach der Ausrüstung frage.«

»Verstanden. Ich beeil mich.«

»Danke, Katie.«

Victoria gähnte und warf einen Blick auf die Uhr. Viertel vor sechs. Sie hatte etwa zwei Stunden geschlafen. Das war nicht genug. Drei Babys innerhalb von vierundzwanzig Stunden war ein Inselrekord. Glücklicherweise war keine der anderen Schwangeren, die sie betreute, dicht am Entbindungstermin, also würde sie nach dem Harris-Baby wohl hoffentlich eine Pause bekommen.

Sie verspürte eine gewisse Angst, dass Sydneys heiß ersehntes Kind zu Hause und nicht in der Krankenstation das Licht der Welt erblicken würde. Wie Tiffany und Jenny hatte Sydney eigentlich in zwei Wochen auf dem Festland entbinden wollen. Aber das Baby hatte offenbar andere Pläne. Bei dieser Geburt durfte nichts schiefgehen. Es gab, dachte Victoria, keinerlei Raum für Fehler.

Sydney hatte ihren ersten Ehemann und ihre zwei Kinder vor einigen Jahren bei einem Verkehrsunfall mit einem betrunkenen Fahrer verloren. Nachdem sie ihre erste Liebe Luke Harris geheiratet hatte, hatte Sydney ihre Sterilisation rückgängig machen lassen und war überraschend schnell mit ihrem »Wunder-Baby« schwanger geworden. Falls irgendjemand ein Wunder verdiente, dann war es Sydney, und Victoria war entschlossen, dafür zu sorgen, dass sie auch eines bekam.

Victoria bog in die Einfahrt der Harris' ein und parkte ihr Auto neben Syds Volvo. Sie war einige Male bei den Treffen der Mädels hier gewesen, die die Insel-Frauen so liebten, vor allem weil die Männer sie ständig crashten. Vic griff nach ihrer Tasche und rannte zur Tür, wo ein angespannt und besorgt wirkender Luke sie erwartete.

»Ist es schlecht, dass das Baby so schnell kommt?«

»Das ist beim dritten Kind nicht ungewöhnlich. Versuch, dir keine Sorgen zu machen.«

»Das ist, als würdest du von mir verlangen, nicht zu atmen.«

Sydney schrie im Schlafzimmer im hinteren Teil des Hauses auf.

»Vic …«

»Ich weiß, Luke. Wir werden alles für sie tun, was wir können. David und Katie sind auf dem Weg hierher. Wir haben's unter Kontrolle, aber sie braucht dich jetzt. Reiß dich zusammen, und komm mit, um ihr zu helfen.«

Er nickte und deutete mit der Hand in den Flur zum Schlafzimmer auf der linken Seite.

Nachdem Vic gehört hatte, dass die Geburten von Sydneys ersten beiden Kindern schnell gegangen waren, hatte sie versucht, Sydney – und Luke – auf die Möglichkeit vorzubereiten, dass das wieder so laufen könnte.

»Vic«, rief Syd, die sich panisch anhörte, »das Baby kommt.«

Sie lag gegen die Kissen zurückgelehnt, Handtücher unter ihr, die Beine gespreizt.

Auf den ersten Blick konnte Victoria schon den Scheitel des Babys sehen. »Wenn du schnell sagst, dann meinst du das offensichtlich auch.«

»Ich hatte gestern die ganze Zeit Rückenschmerzen. Glaubst du, das waren schon Wehen?«

»Vermutlich. Ich wasche mich schnell, und dann holen wir das Baby, damit es seine Mom und seinen Dad kennenlernen kann.«

»Beeil dich bitte. Ich muss jetzt pressen.«

Victoria ging in das angrenzende Bad, um sich gründlich die Hände zu waschen. Dann zog sie Handschuhe und einen Kittel an, bevor sie sich zwischen Syds Beinen in Position brachte.

Luke kam ins Zimmer und schien deutlich ruhiger als eben an der Tür. »Wo soll ich hin?«

»Hinter Syd, damit du sie stützen kannst.«

Er kletterte aufs Bett und setzte sich hinter seine Frau, streichelte ihr über das lange rote Haar und strich es ihr aus dem Gesicht.

»Bei der nächsten Wehe will ich, dass du presst«, sagte Victoria. »So doll du kannst.«

Sydney nickte, und wenn sie auch entschlossen aussah, erkannte Victoria doch einen Hauch von Panik.

»Alles wird gut werden, Sydney«, sagte sie und betete, dass das stimmte. »Konzentriere dich auf deine Atmung. Tief einatmen. Halten. Jetzt ausatmen.« Sie ging es mehrere Male mit Sydney durch, bevor die sich verspannte, als die nächste Wehe einsetzte. »Okay, dann los.«

Sydney presste zwei weitere Male, bevor David und Katie ankamen.

»Wir haben es fast geschafft«, teilte Victoria ihnen mit. »Nur noch ein Mal pressen, Syd.«

Mit Lukes Armen um sich brachte Sydney ihre Tochter mit einem Schrei auf die Welt.

Victoria hielt sie hoch, sodass ihre Eltern sie sehen konnten.

»Oh, Syd«, flüsterte Luke. »Schau sie dir an!«

Die Kleine begann empört zu brüllen, ihr Gesicht wurde rot vor Wut, dass sie so rücksichtslos gestört worden war.

Victoria schnitt schnell die Nabelschnur durch und reichte das Baby an David, damit sie sich auf Syd konzentrieren konnte.

»Geht es ihr gut?«, wollte Luke wissen.

»Sie ist perfekt«, erwiderte David. »Wie soll sie heißen?«

»Lillian Alice Harris«, antwortete Sydney, während ihr Tränen über die Wangen liefen. »Nach Lukes Mutter und meiner. Wir werden sie Lily nennen.«

»Was für ein wunderschöner Name«, sagte Victoria.

»Meine Eltern werden so traurig sein, dass sie das verpasst haben«, erklärte Syd. »Sie sind bis nächste Woche in Wisconsin. So viel dann zu ihrem Plan, bis zum Entbindungstermin zurück zu sein.«

»Sie werden außer sich vor Freude über die Nachricht sein, dass sie auf die Welt gekommen ist und alles gut gelaufen ist«, beruhigte Luke sie.

»Ja, das stimmt.«

David brachte das Baby zu den glücklichen Eltern und legte es Sydney in die Arme.

Dies waren die Momente, die Victorias Berufsleben so erfüllend machten. Sie bemerkte, dass sie sich zusammen mit Syd und Luke die Tränen wegwischte, was nicht ungewöhnlich war. Nachdem sie sich fast ein Dreivierteljahr um ihre Schwangeren gekümmert hatte – und deren nervöse Partner –, war es immer ein emotionaler Moment, einen neuen Erdenbürger willkommen zu heißen, vor allen Dingen einen wie Lily, die wirklich ein Wunder war.

»Sie ist so wunderschön, Syd«, sagte Luke. »Genau wie ihre Mutter.«

»Sie sieht aus wie du«, erwiderte Syd.

»Auf keinen Fall. Das würde der liebe Gott ihr nicht antun.«

Alle lachten.

»Sie hätte viel Glück, wenn sie wie ihr toller Daddy aussieht«, stellte Syd fest und betrachtete ihre winzige Tochter staunend und überglücklich.

»Muss sie auf die Krankenstation?«, erkundigte sich Luke.

»Wenn es dich nicht stört, dass ich noch zwei Stunden hierbleibe, um sicherzustellen, dass es deinen beiden Frauen gut geht, dann dürfte das nicht nötig sein«, erwiderte Victoria.

»Das ist uns sehr recht«, sagte Luke.

»Ich muss zurück zur Krankenstation«, erklärte David. »Wir haben hier gerade einen regelrechten Babyboom.«

»Wir haben gehört, dass Tiffany und Jenny auch ihre Babys bekommen haben«, bemerkte Luke.

»Ich sehe eine große erste Geburtstagsparty in einem Jahr voraus«, sagte Katie.

»Ich kann nicht glauben, dass sie tatsächlich hier ist«, sagte Syd und starrte ihre Tochter an.

Luke ließ seine Arme um sie, während sie sich gegen ihn lehnte und entspannte.

Victoria ging aus dem Zimmer, um ihnen ein paar Minuten allein zu gönnen.

Katie hatte sich schon verabschiedet, aber David war noch da.

»Hattest du Gelegenheit, mit Shannon zu sprechen?«

Victoria schüttelte den Kopf. »Es war schon so spät, als ich nach Hause gekommen bin. Da wollte ich nicht damit anfangen. Mit etwas Glück haben wir später Zeit zum Reden.«

»Wir sollten jetzt eigentlich für einige Zeit keinen Baby-Alarm mehr haben.«

»Das will ich doch hoffen. Drei in vierundzwanzig Stunden – das ist neuer Rekord.«

»Einer, von dem ich hoffe, dass wir ihn in nächster Zeit nicht knacken werden.« Er drückte ihr den Arm. »Ruf mich an, falls du mich brauchst, egal, wofür.«

»Werd ich. Ihr kümmert euch heute um meine Termine?«

»Ja, wir haben alles unter Kontrolle.«

Ihre Abwesenheit bedeutete einen hektischen Tag für David und Katie, doch sie würden die Extraarbeit schaffen.

»Hatten Tiffany und Jenny eine gute Nacht?«

»Die Babys sind immer wieder aufgewacht, aber insgesamt haben sie alle ein wenig schlafen können. Ich werde sie heute nach Hause schicken.«

»Hört sich gut an. Sag ihnen, dass ich sie in sechs Wochen sehe oder früher, wenn es nötig ist.«

»Mach ich.« Auf dem Weg zur Tür blieb er noch einmal stehen. »Dies ist eigentlich nicht die Zeit oder der Ort, aber Daisy wird mich umbringen, wenn ich es jetzt nicht erledige.«

»Was?«, fragte Victoria und sah ihn verwirrt an.

»Ich sollte dich eigentlich schon vor zwei Wochen fragen, ob du bei unserer Hochzeit eine Aufgabe übernehmen möchtest.«

»Wirklich?«

»Ja, wirklich«, erwiderte er und lachte. »Du bist eine meiner besten Freundinnen und …«

Victoria stürzte sich auf ihn, womit er offensichtlich nicht gerechnet hatte.

Glücklicherweise fasste er sich schnell, fing sie auf und verhinderte, dass sie auf dem Boden landeten. »Soll das Ja heißen?«, fragte er sie lachend.

»Ja! Ich bin super gerne bei eurer Hochzeit dabei. Du bist auch einer meiner besten Freunde. Bin ich Trauzeuge oder Brautjungfer?«

»Brautjungfer«, erwiderte er. »Du würdest im Smoking albern aussehen.«

»Gar nicht. Ich würde einen Smoking total rocken.«

»Das kannst du alles mit Daisy besprechen«, sagte er grinsend, bevor er sich zur Tür begab.

»David?«

»Ja?«

»Danke, dass du mich gefragt hast. Das bedeutet mir wirklich viel.«

»Danke, dass du Ja gesagt hast.«

Victoria lächelte und winkte ihm zu, während er zu seinem Auto auf der Auffahrt ging. Sie freute sich so für ihn und Daisy. Nach den Gewissensbissen und den Anfeindungen, die er hatte überstehen müssen, nachdem seine Verlobung mit Jenny so dramatisch zerbrochen war, weil sie ihn im Bett mit einer anderen Frau erwischt hatte, hatte David hart daran gearbeitet, sein Leben wieder auf die Spur zu bringen. Er war so glücklich, seit er sich in Daisy verliebt hatte, und Victoria konnte es nicht abwarten, auf seiner Hochzeit zu tanzen.

Doch obwohl sie sich wirklich für ihre Freunde freute, fragte sie sich doch unwillkürlich, ob sie je auf ihrer eigenen Hochzeit tanzen würde.

Kapitel 5

Als die erste Fähre von der Insel an den Wellenbrechern von South Harbor vorbei und Richtung Festland unterwegs war, begab sich Shannon zum Bug, seinem Lieblingsplatz während der einstündigen Überfahrt. Er stand an der Reling, weil dort jedes Mal, wenn das Fährschiff durch eine Welle pflügte, die Gischt von unten über ihn spritzte. Da sein Cousin am Steuer war, konnte sich Shannon entspannen und die Umgebung betrachten, während sie an der Steilküste im Norden entlangfuhren.

Er liebte seinen Job und die Insel und das Leben, das er hier mit Victoria, Seamus, Carolina und ihrem großen Freundeskreis gefunden hatte. Nach einem Jahr hier fühlte sich Gansett mehr wie ein Zuhause an, als Irland es schon seit langer Zeit getan hatte. Als er seine Tante Nora auf ihrer Reise hierher, wo sie Seamus besuchen wollte, begleitet hatte, hatte er ganz sicher nicht erwartet, dazubleiben, während sie wieder nach Hause flog.

Aber er hatte auch nicht erwartet, Victoria an seinem ersten Abend auf der Insel zu treffen. Zwei Wochen später war er jedenfalls unter keinen Umständen bereit gewesen, sie zu verlassen. Er war es auch jetzt noch nicht, was die größte Überraschung der letzten Zeit war.

Neun Jahre nachdem er seine geliebte Verlobte in einem Akt sinnloser Gewalt verloren hatte, war er nur noch die Hülle des Mannes, der er vorher gewesen war. Doch seit Kurzem – seit er Vic getroffen hatte, um genau zu sein – war alles besser geworden. Die Trauer überfiel ihn nicht mehr so häufig, wie sie das früher getan hatte, und er hatte jetzt wieder einen Grund, morgens aufzustehen, zu funktionieren, einen Fuß vor den anderen zu setzen und weiterzumachen. Sie war perfekt für ihn, eine wundervolle sexy Frau, die nicht mehr von ihm verlangte, als er zu geben hatte. Sie würde nie wissen, wie sehr er das zu schätzen wusste.

Sie holte gerade ein weiteres Baby auf die Welt. Er hatte das Telefon nicht gehört oder mitbekommen, wie sie am frühen Morgen weggefahren war. Er bewunderte ihre professionelle Kompetenz und ihre Hingabe an ihre Patientinnen. Die weibliche Bevölkerung der Insel hatte großes Glück, sie hier zu haben, und das wussten auch alle. Sie kam immer wieder mit Blumen oder anderen Geschenken nach Hause, die sie von dankbaren Patientinnen erhalten hatte.

»Wird heute wieder heiß.« Shannon erkannte sofort den Klang der Heimat in der Stimme seines Cousins.

»Was tust du hier oben? Du solltest eigentlich hinterm Steuerrad stehen.«

»Einer der neuen Kapitäne ist auf dem Rückweg zum Festland und hat angeboten, mich abzulösen. Er braucht die Erfahrung, also bin ich hier.«

»Weiß er, was er tut?«, fragte Shannon mit besorgtem Blick zur Brücke.

Seamus lachte auf. »Ich heuere nur die Besten an. Keine Sorge.«

»Wenn du das sagst.« Sein Cousin war auf jeden Fall sehr gewissenhaft, wenn es darum ging, die Firma zu leiten, die Carolina und ihrem Sohn Joe gehörte.

»Vic ist gestern zu mir gekommen.«

Schockiert, das zu hören, starrte Shannon seinen Cousin an und hatte fast Angst zu fragen. »Was wollte sie denn?«

»Sie hatte einige Fragen.«

»Über mich?«

Seamus nickte.

Shannon fühlte sich, als würde sein Brustkasten von etwas Schwerem, Unnachgiebigem zusammengepresst, genau wie es in den ersten Tagen nach Fionas Tod gewesen war. »Was hast du ihr gesagt?«

»Alles, was sie wissen muss.«

»Seamus! Soll das ein schlechter Scherz sein?«

»Entspann dich. Ich hab ihr nur eine Übersicht gegeben. Keine Details.«

Seine Gedanken überschlugen sich, während er zu begreifen versuchte, was das bedeutete. Darum also war sie letzte Nacht so angespannt gewesen. »Dazu hattest du kein Recht.«

»Ich hatte jedes Recht. Du bist ihr wichtig. Sie will dich verstehen.«

»Es ist nicht deine Aufgabe, die Lücken für sie zu füllen.«

»Wessen dann? Du selbst wirst es niemals tun.«

»Woher willst du das wissen?«

»Du bist seit einem Jahr hier, Shannon, und sie hat noch nicht mal Fionas Namen gehört.«

Glühend heiße Wut durchströmte ihn. »Und jetzt hat sie das?«

»Ja, jetzt hat sie das.«

»Es stand dir nicht zu, das zu tun! Ich kann nicht glauben, dass du dich auf diese Art in mein Leben eingemischt hast! Was gibt dir das Recht?«

»Die Frau, die dich liebt, hat mich gefragt. Das gibt mir das Recht.«

»Sie liebt mich nicht. Sie geht gerne mit mir ins Bett. Das ist ein Unterschied.«

»Du bist ein verdammter Narr, wenn du das glaubst. Öffne deine verdammten Augen, und sieh dir an, was direkt vor dir ist, bevor sie es müde wird, mit einem Geist zu konkurrieren, von dem sie nicht einmal wusste, dass es ihn gibt.«

Shannon dachte nicht über seine Reaktion nach, sondern schlug einfach zu, traf seinen Cousin so fest im Gesicht, dass der Schmerz von seiner Hand seinen Arm hochstrahlte.

Seamus stolperte rückwärts, fiel schwer gegen eine der Bänke und landete auf dem Deck. Eine Weile lang rührte er sich nicht, und für eine Sekunde dachte Shannon voller Panik, er hätte seinen Cousin umgebracht.

Erschrocken beugte er sich über ihn. »Seamus, es tut mir leid!« Er rüttelte ihn an der Schulter. »Seamus! Wach auf!« Unterdessen hatte sich eine Menge aus Schaulustigen um sie versammelt, inklusive einiger von Shannons Kollegen. »Bitte wach auf.«

»Hör auf, so rumzuschreien«, brummte Seamus, ohne die Augen zu öffnen. Die linke Seite seines Gesichts schwoll bereits an und verfärbte sich violett.

»Es tut mir leid. Ich hätte nicht … Ich weiß nicht, warum …«

Seamus hielt eine Hand hoch und öffnete das Auge, bei dem das immer noch möglich war. »Halt die Klappe, und hilf mir hoch.«

Shannon nahm die Hand seines Cousins und zog ihn auf die Füße, griff nach seiner Schulter, als Seamus taumelte.

»Die Show ist vorbei, Leute«, sagte Seamus. »Verzieht euch.«

»Hol etwas Eis«, wies Shannon einen der Männer an, mit denen er zusammenarbeitete. »Schnell.« Er half Seamus auf eine der Bänke. »Es tut mir wirklich leid.«

»Das hab ich schon beim ersten Mal gehört.«

Sein Kollege Mark kam mit einem Eisbeutel zurück, den er Seamus reichte, der ihn sich auch gleich aufs Gesicht legte. »Setz dich«, verlangte Seamus von Shannon, als sie wieder allein waren.

Shannon sank neben ihn auf die Bank.

»Du hast mich in eine unangenehme Situation gebracht. Weil die Hälfte der Crew gesehen hat, wie du mich geschlagen hast, habe ich keine andere Wahl, als dich aus disziplinarischen Gründen für drei Tage vom Dienst zu suspendieren. In deiner Personalakte wird ein Eintrag erfolgen. In dieser Firma ist es nach zwei Abmahnungen vorbei – Cousin oder nicht.«

Shannon wusste, dass er das gründlich vermasselt hatte, atmete tief ein und wieder aus. »Okay.«

»Ich möchte dir noch etwas anderes sagen, und ich will, dass du mir gut zuhörst.« Seamus nahm das Eis von seinem sich bereits verfärbenden Gesicht. »Neun lange Jahre haben wir dir zur Seite gestanden und versucht, dich im Angesicht dieser unvorstellbaren Tragödie zu unterstützen, so gut wir konnten. Im letzten Jahr habe ich miterlebt, wie du ins Leben zurückgekehrt bist, wieder der Mann geworden bist, der du warst, bevor das mit Fi passiert ist. Und das war wegen Victoria. Du hast Fiona ohne eigene Schuld verloren. Aber wenn du Victoria von dir stößt, weil sie dir zu nah gekommen ist, dann hast du dir die Folgen ganz allein selbst zuzuschreiben.«

Seamus stand auf und ging weg, wobei er den Eisbeutel mitnahm.

Erfüllt von einer Verzweiflung, die er auf so tiefe Art seit Jahren nicht mehr verspürt hatte, sah Shannon ihm hinterher.

* * *

»Ich erstarre ernsthaft in Ehrfurcht vor dir«, sagte Luke später am Nachmittag zu Syd, nachdem Victoria Mutter und Kind für völlig gesund erklärt und sie allein gelassen hatte, damit sie sich um ihr neugeborenes Baby kümmern konnten. Lily – er hatte eine Tochter namens Lily – schlief in ihrer Wiege neben dem Bett.

»Ach tatsächlich?«, erwiderte Syd mit einem frechen Grinsen. Bevor Victoria gegangen war, hatte er Sydney geholfen, sich zu duschen, und sie wieder ins Bett gebracht, während Victoria auf das Baby aufgepasst hatte.

Auch wenn Sydney erschöpft war, strahlten ihre Augen doch vor Glück. »Mmm«, sagte er und rieb seine Nase an ihrem Hals. »Es stimmt. Du versetzt mich in Erstaunen. Nach Monaten der Planung und nachdem ich mir solche Sorgen gemacht habe über all die Dinge, die schiefgehen könnten, legst du einfach los und bekommst ein Baby, ohne auch nur unser Bett zu verlassen.«

Sydney lachte. »Nun, das war nicht gerade der Plan.«

»Ich darf trotzdem überwältigt sein.«

»Ich bin einfach bloß froh, dass alles gut gegangen ist und dass ich nicht von der Insel fortmusste, um sie zu bekommen.«

»Denkst du, sie wird immer so zuvorkommend zu ihren Eltern sein?«

»Das wage ich zu bezweifeln. Ich vermute, dass sie ein genauso willensstarkes Mädchen wird, wie ihre Schwester es war.«

»Das soll mir recht sein, solange du versprichst, mich während der Teenagerjahre zu beschützen, wenn meine kleine Prinzessin sich in ein Dämonen-Kind verwandelt.«

Sie tätschelte ihm den Kopf. »Ich halte dir den Rücken frei, keine Sorge.«

»Ich kann es immer noch nicht glauben …« Die Kehle schnürte sich ihm zu, und Tränen traten ihm in die Augen. Er war schon den ganzen Tag ein emotionales Wrack gewesen.

»Was kannst du nicht glauben?«

»Dass du zurückgekehrt bist. Dass du mich tatsächlich liebst und zugestimmt hast, mich zu heiraten, und mir eine Tochter geschenkt hast. Ich war so lange Zeit so allein … und jetzt …«, er streichelte ihr das Gesicht und küsste sie zärtlich, »jetzt habe ich alles.«

»Ich möchte nicht einmal darüber nachdenken, was ich gerade tun würde, wenn ich nicht zurück auf die Insel gezogen wäre oder du nicht gekommen wärst, um mich zu finden.«

»Meinst du nicht eher, wenn ich dir nicht nachspioniert hätte?«, fragte er mit einem kleinen Lachen.

»Es ist kein Nachspionieren, wenn ich die ganze Zeit wusste, dass du da warst. Das Geräusch von deinem Boot, das am Strand anlandet, war eines der vertrautesten Geräusche in meinem Leben, als wir damals zum ersten Mal zusammen waren. Ich habe jede Nacht darauf gewartet.«

»Die beste Sache, die ich je getan habe, war, mein Boot zu deinem Strand zu rudern, Baby«, sagte er mit einem sündigen Grinsen.

Sydney lachte über die Doppeldeutigkeit seiner Worte. »Du wirst dafür sorgen, dass ich nicht total durchdrehe, oder?«

»Natürlich tu ich das.«

»Ich will nicht, dass sie aufwächst und Angst vor allem hat, wie ich jetzt.«

»Da traust du dir selbst zu wenig zu, Schatz. Schau dir an, was du schon getan hast, um zu beweisen, dass du keine Angst hast, was passieren könnte.«

»Was meinst du?«

»Du hast mich geheiratet. Du hast deine Sterilisation rückgängig machen lassen. Du hast zugelassen, dass du von mir schwanger geworden bist, was mir übrigens großen Spaß gemacht hat, wie ich hinzufügen möchte. Du hast ein neues Baby auf die Welt gebracht. Für mich bedeuten all diese Dinge, dass du unglaublichen Mut hast, nicht lähmende Angst.«

»Es ist nett, dass du das sagst, doch die Angst ist immer noch da. Vielleicht kann ich sie nur besser verbergen als früher.«

»Das sind hier nicht einfach bloß leere Phrasen, Syd. Ich meine es ernst damit, dass du dir selbst nicht genug zutraust. Du bist nicht mehr so ängstlich, wie du es warst, als wir wieder zusammengekommen sind. Du hast einen langen Weg hinter dir. Vielleicht kannst du das nicht sehen, aber ich kann es.«

»Wenn es so ist, dann ist es allein wegen dir. Deine Liebe hat mir die Stärke verliehen, weiterzumachen, optimistisch zu sein und voller Hoffnung und Freude und all den Dingen, von denen ich dachte, dass ich sie nie wieder haben würde, nachdem ich Seth und die Kinder verloren hatte.«

Luke beugte sich vor, um sie zu küssen. »Was immer ich dir gegeben habe, ist bloß ein Bruchteil von dem, was ich von dir erhalten habe.«

Ihre wunderschönen blauen Augen strahlten. »Ich habe nachgedacht …«

»Worüber?«

»Das ist ziemlich gut gelaufen. Problemlose Empfängnis, unauffällige Schwangerschaft und Entbindung …«

Ihm blieb für eine Sekunde das Herz stehen. »Was willst du damit sagen?«

»Vielleicht sollten wir das alles noch einmal wiederholen, damit Lily nicht alleine aufwächst.«

Luke starrte sie ungläubig an. Sie waren beide der Meinung gewesen, dass ein Kind ein Wunder sein würde. Ein Gedanke an ein weiteres war fast mehr, als er fassen konnte.

Sydney wedelte mit einer Hand vor seinem Gesicht. »Erde an Luke. Habe ich dich total schockiert?«

»Nein, Süße, das ist wundervoll.«

»Also bist du dabei, wenn wir es noch einmal versuchen?«

»Alles, was du willst. Alles auf der Welt.«

»Hmm«, sagte sie, ihr Ausdruck spitzbübisch. »Damit gibst du mir ziemlich viel Spielraum.«

»Ich hab dich auch ziemlich lieb.«

Langsam und vorsichtig schmiegte Sydney sich an ihn, und Luke schlang die Arme um sie, unendlich erleichtert, dass die Entbindung hinter ihnen lag und sie ein ganzes Leben hatten, auf das er sich freuen konnte – mit Sydney und Lily und wer auch immer als Nächstes kommen mochte.

* * *

Nachdem sie bei Syd und Luke aufgebrochen war, verbrachte Victoria einige Stunden in der Krankenstation, half David dabei, Tiffany und Jenny dafür vorzubereiten, mit ihren Babys nach Hause zu fahren. Jenny hatte einige Probleme beim Stillen, also verbrachte Victoria eine Stunde mit ihr, um ihr zu helfen. Sie war so müde, dass ihr Gehirn vor Schlafmangel fast summte.

»Fahr nach Hause«, trug David ihr um zwei auf. »Bevor du umfällst und selbst Patientin wird.«

»Schon unterwegs.« Victoria hatte nicht mehr die Kraft, mit ihm zu diskutieren. »Morgen läuft dann alles wieder normal.«

»Das wollen wir doch hoffen.«

Victoria fuhr mit offenen Fenstern, hoffte, dass die frische Luft sie lange genug wach halten würde, sodass sie es sicher bis in ihre Einfahrt schaffte. Sie konnte sich nicht daran erinnern, wann sie das letzte Mal so müde gewesen war. Nun, vielleicht in der Woche, in der sie Shannon kennengelernt hatte, wo sie nächtelang wach geblieben waren, weil sie zu viel Spaß hatten, um zu schlafen.

Beim Gedanken an diese ersten Tage zusammen mit ihm musste sie lächeln. Es war aufregend gewesen, jemanden kennenzulernen, der sie so faszinierte. Das war alles, was sie je in ihrem Privatleben gewollt hatte: ein Mann, der sie genauso sehr liebte wie sie ihn, und dann bis ans Lebensende glücklich mit ihm zu sein. War das zu viel verlangt?

Gestern um diese Zeit hätte sie gesagt, dass sie und Shannon das Fundament für so eine Beziehung gelegt hatten. Jetzt war sie sich da nicht mehr so sicher.

Als sie in die Einfahrt einbog, überraschte es sie, sein Motorrad vor dem Haus parken zu sehen. Eigentlich hätte er bei der Arbeit sein müssen. Was zur Hölle? Sie stieg aus dem Auto und ging nach drinnen, wo er am Küchentisch saß, einen Eispack auf der Hand.

»Hey«, sagte sie. »Was ist los?«

Er sah zu ihr hoch, und in seinem Gesicht stand ein trostloser Ausdruck. »Ich hab mich auf der Arbeit geprügelt. Sie haben mich für drei Tage nach Hause geschickt.«

Fassungslos fragte sie: »Geprügelt? Warum?«

»Falls das in Ordnung ist, möchte ich lieber nicht darüber sprechen.«

»Oh«, erwiderte sie, gekränkt von seinem ablehnenden Tonfall. »Okay. Ich … äh … ruh mich dann einfach ein bisschen aus.«

Er nickte und wandte seine Aufmerksamkeit wieder seiner verletzten Hand zu.

Victoria ging ins Bad, zog sich wie betäubt ein T-Shirt an und putzte sich die Zähne. Im Schlafzimmer ließ sie die Jalousien runter und legte sich ins Bett, starrte die Decke an, während sie zu verstehen versuchte, was er ihr gerade erzählt hatte.

Er hatte sich geprügelt. Ihr Shannon, ein Pazifist bis auf die Knochen, hatte sich tatsächlich bei der Arbeit geprügelt und war für drei Tage nach Hause geschickt worden. Was zur Hölle hatte das ausgelöst? Und warum wollte er ihr nicht verraten, was passiert war?

Obwohl sie zehn Minuten vorher noch vollkommen erschöpft gewesen war, war sie nun so angespannt, dass sie nicht einschlafen konnte. Wie war es möglich, dass ihre Welt in nur vierundzwanzig Stunden so komplett aus den Fugen geraten war? Warum hatte sie sich nicht zurückgehalten und der Versuchung widerstanden, Seamus Fragen zu stellen? Jetzt hatte sie Informationen, von denen sie nicht wusste, was sie damit anfangen sollte, und Shannon prügelte sich. Zufall? Vermutlich nicht.

O Gott. Was, wenn er sich mit Seamus geprügelt hatte? Beim Gedanken an diese Möglichkeit setzte sie sich im Bett auf, überwältigt von den möglichen Konsequenzen, wenn Shannon sich mit einem Mann geschlagen hatte, der nicht nur sein Boss war, sondern auch sein Cousin. War es das, was passiert war? Victoria stand auf und ging in die Küche, fand den Stuhl, auf dem er eben noch gesessen hatte, leer vor.

Sie hörte das Aufheulen der Maschine, als er draußen sein Motorrad startete, und lief zur Tür, aber sie kam zu spät. Bis sie draußen war, war er schon verschwunden. Wohin wollte er, und wann würde er zurück sein?

Victoria ging zurück ins Haus, war jedoch viel zu aufgewühlt, um sich wieder hinzulegen. Sie brauchte Antworten, und sie brauchte sie jetzt. Statt zurück ins Bett zu gehen, zog sie sich an und schlüpfte in Flipflops, griff sich auf dem Weg nach draußen ihre Tasche und ihre Schlüssel.

Da sie wusste, dass sie viel zu wenig geschlafen hatte, gab sie sich Mühe, sich aufs Fahren zu konzentrieren und nicht auf die wirbelnden Gedanken in ihr zu achten. Sie bog rechts in die Einfahrt ab, die ihr über das letzte Jahr mit den vielen Besuchen hier sehr vertraut geworden war, und parkte neben Seamus'

Pick-up. Im Garten spielten Kyle und Jackson mit ihrem Hund, lachten und sprangen herum, genau wie kleine Jungs das tun sollten.

Victoria winkte ihnen auf dem Weg zum Haus zu. Vor der Hintertür blieb sie stehen und klopfte an.

Carolina öffnete und schien nicht überrascht, sie zu sehen. »Komm rein.«

Victorias Magen zog sich schmerzhaft zusammen, während sie ihr in die Küche folgte und dann erstarrte, als sie Seamus' geschwollenes und verfärbtes Gesicht sah. Für einen langen Moment konnte sie es nicht über sich bringen, sich zu bewegen. Sie konnte ihn nur anschauen.

»Komm rein, Vic«, sagte Seamus. »Sieht schlimmer aus, als es ist.«

»Das ist alles meine Schuld«, erwiderte sie, ihre Stimme rau vor Gefühl. »Ich hätte nicht mit dir darüber reden sollen. Wenn ich das nicht getan hätte … dann hätte er niemals … das hier …«

Seamus stand auf und ging zu ihr herüber. »Es ist nicht deine Schuld.«

»Ihr beide habt euch geprügelt, weil du mir von Fiona erzählt hast. Richtig?«

»Wir haben uns geprügelt, weil ihm etwas nicht gefallen hat, was ich zu ihm gesagt habe.«

»Aber es hat angefangen, weil ich mich mit meinen Fragen an dich gewandt habe, die ich *ihm* hätte stellen sollen.« Blind vor Tränen wischte Victoria sich die Wange mit der Rückseite ihrer Hand ab.

Carolina trat zu ihr, legte ihr die Hände auf die Schultern und führte sie zu einem Stuhl am Tisch. »Du hast ja nicht zugeschlagen«, widersprach sie.

»Es ist trotzdem meine Schuld«, erwiderte Victoria.

»Nein, ist es nicht«, korrigierte sie Seamus. »Ich hab ihn zu sehr bedrängt.«

Carolina legte ihm den Eisbeutel ans Gesicht und hielt ihn dort fest. »Das gibt ihm nicht das Recht, dich zu schlagen.«

»Ich hab ein solches Durcheinander veranstaltet«, erklärte Victoria. »Ich hätte es einfach alles auf sich beruhen lassen sollen.«

»Wenn du das getan hättest, würde deine Beziehung mit ihm nie mehr sein als das, was sie jetzt ist«, stellte Seamus fest. »Ich hatte den Eindruck, du wolltest, dass mehr daraus wird.«

»Das *wollte* ich. Das *will* ich. Aber nicht, wenn es solchen Ärger verursacht.«

»Du hast versucht, ihn besser zu verstehen, indem du dich an Seamus gewandt hast«, sagte Carolina. »Du hattest keine Ahnung, was für eine große Sache das war, die du erfahren würdest, oder wie er reagieren würde, wenn er hört, dass Seamus es dir erzählt hat. Deine Absichten waren rein und voller Liebe. Da kann dir niemand einen Vorwurf machen.«

Bei Carolinas sanften Worten zerbrach etwas in Victoria, und die Stärke, die sie aufrecht gehalten hatte, seit sie von Shannons tragischer Vergangenheit erfahren hatte, wich aus ihr. Sie ließ den Kopf in die Hände sinken, während ihr Körper unter Schluchzern bebte, ihr Herz gebrochen wegen Shannon genauso wie wegen ihrer Sorgen über ihre gemeinsame Zukunft.

Einige Minuten später erklang draußen das unmissverständliche Röhren von Shannons Motorrad, und Victoria beeilte sich, sich das Gesicht abzuwischen und die Augen mit dem Taschentuch zu trocknen, das Carolina ihr hinhielt.

Seamus legte den Eisbeutel auf den Tisch. »Ich kümmere mich darum.« Er ging zur Tür und marschierte nach draußen.

Kapitel 6

Das Zuschlagen der Fliegengittertür riss Victoria aus der Starre, in die sie gefallen war. Sie sprang auf, um Seamus nachzulaufen, der Shannon im Vorgarten festhielt.

»Stopp«, rief sie. »Hört auf. Hört einfach auf!« Sie zwängte sich zwischen die beiden Cousins und packte Shannon am Arm. »Geh bitte. Jetzt sofort.« Sie marschierte mit ihm zu dem Weg, der vom Vorgarten zur Küste führte.

Jackson und Kyle standen seitlich von ihnen, verfolgten alles mit großen Augen.

Victoria fühlte sich furchtbar, weil sie ihre Probleme zu Seamus und Carolina nach Hause gebracht hatte.

»Was tust du hier?«, fragte Shannon, als sie den Garten hinter sich gelassen hatten.

»Etwa zwei Sekunden nachdem du fort warst, bin ich draufgekommen, mit wem du dich bei der Arbeit geprügelt hast, und ich bin hergefahren, um nach ihm zu schauen.«

»Du bist auf einmal ja sehr vertraut mit meinem Cousin.«

Victoria versetzte ihm einen harten Stoß, mit dem er überhaupt nicht gerechnet hatte, sodass er einen Moment lang auf dem unebenen Boden strauchelte. »Halt den Mund. Ich bin nicht vertraut mit ihm. Ich bin mit ihm befreundet, und zwar durch dich, wie du sehr wohl weißt.«

Als er sich zu ihr umdrehte, erschrak sie über den Ausdruck auf seinem Gesicht. In all ihrer Zeit zusammen hatte sie diesen Blick bei ihm noch nicht gesehen. »Ich weiß nicht, wer du dir einbildest zu sein, dass du deine Nase in Sachen steckst, die dich nichts angehen.«

»Mich nichts angehen? Wieso sollte es mich nichts angehen, wenn du in meinem Haus wohnst und in meinem Bett schläfst?«

»Das kann ich beides ändern.«

Sprachlos angesichts dieser feindseligen Erwiderung wich Victoria zurück, unfassbar getroffen von seinen Worten. »Das ist also deine Lösung? Du willst weglaufen, weil ich wissen wollte, warum wir an genau der Stelle feststecken, an der wir auch schon letztes Jahr waren?«

»Ist es das, was du denkst? Dass wir weiter an der gleichen Stelle feststecken?« Er schüttelte ungläubig den Kopf.

»Wir sind genau dort, wo wir damals waren. Wir haben keinen einzigen Schritt nach vorn getan, von dem Tag an, an dem du bei mir eingezogen bist.«

»Das stimmt doch gar nicht«, widersprach er leise.

Der Anflug von Traurigkeit in seiner Stimme war nicht zu überhören. »Shannon …«

Er hielt eine Hand hoch, um sie aufzuhalten. »Ich kann das jetzt nicht.«

Ein erschreckend schmerzhafter Stich der Furcht durchzuckte sie. »Was kannst du nicht?«

»Das hier. Irgendetwas davon. Ich hätte niemals … Ich kann nicht.« Er stürmte an ihr vorbei und nahm den Weg zurück zum Garten.

»Shannon, warte! Du kannst nicht einfach so weggehen nach allem, was wir gemeinsam hatten.«

Er fuhr herum. »Du sagst doch selbst, dass zwischen uns gar nichts war.«

»Das habe ich nie gesagt!«

»Ach, nicht?«

Als er einfach weiterging, lief sie ihm nach, fasste ihn am T-Shirt und zwang ihn, stehen zu bleiben.

»Das habe ich nie gesagt«, wiederholte sie.

»Was hast du denn dann gemeint, Victoria? Erklär es mir.«

Sie schluckte den Kloß in ihrer Kehle herunter und versuchte, das Dröhnen in ihren Ohren zu ignorieren, genau wie das Hämmern ihres Herzens, damit sie sich auf ihn konzentrieren konnte. »Ich habe gesagt, wir hängen an derselben Stelle fest, an der wir begonnen haben. Das ist alles.«

»Ich weiß nicht, wie du das behaupten kannst.« Er hob seine Hände an den Kopf und fuhr sich mit den Fingern durchs Haar, sodass es in alle Richtungen abstand.

Sie musste gegen den Drang ankämpfen, es glatt zu streichen, wie sie es gestern noch einfach getan hätte, bevor sie alles ruiniert hatte, indem sie in seiner Vergangenheit gewühlt hatte.

»Wenn du das glaubst«, fuhr er fort, »dann kennst du mich kein bisschen.«

»Aber ich will dich kennen. Was glaubst du, warum ich überhaupt zu Seamus gegangen bin? Nur, weil du mir so wichtig bist.«

»So sehr, dass du mich nicht einfach selbst fragen konntest, was du wissen wolltest?«

Damit hatte er natürlich recht. »Ich hatte Angst.«

Verblüfft starrte er sie an. »Du hattest Angst, mit mir zu reden? Was zur Hölle, Victoria?«

»Ich weiß nicht, warum ich so empfunden habe. Vermutlich dachte ich, wenn du vorgehabt hättest, mir zu sagen, was dich davon abhält, mir voll und ganz zu vertrauen, dann hättest du es bereits getan.«

»Voll und ganz zu vertrauen«, wiederholte er und stieß ein ungläubiges Lachen aus. »Ich lebe bei dir. Ich schlafe mit dir.

Ich habe beinahe jeden Tag mit dir Sex, manchmal mehrmals. Wie definierst du bitte ›voll und ganz vertrauen‹?«

Victoria musste gegen den Drang ankämpfen, sich unter dem Blick aus seinen grünen Augen zu winden. »Ist es das? Soll so unser Leben aussehen? In einem Haus zusammenwohnen, miteinander schlafen, Sex haben?«

»Ich dachte, dir würde unser Leben gefallen.«

»Das tut es doch auch!«

»Was in Gottes Namen ist dann das Problem, Victoria?«

»Ich ...« Sie holte tief Luft und zwang sich, seinen Blick zu erwidern. »Ich will mehr.«

Wieder sah sie Traurigkeit und Resignation in seinen ausdrucksvollen Augen. »Ich bin zu mehr nicht imstande.«

»Doch.«

»Nein, Victoria, das bin ich wirklich nicht. Ich mag, was wir zusammen haben. Für mich funktioniert es. Wenn es das für dich allerdings nicht tut, dann musst du es nur sagen.«

»Es funktioniert für mich, aber ...«

»Kein aber. Entweder funktioniert es für dich oder nicht. Was soll es sein?«

Wieder schluckte sie den Kloß in ihrer Kehle herunter, während ihr binnen einer einzigen Sekunde Hunderte verschiedene Szenarios durch den Kopf schossen. Eine Sache war kristallklar – wenn sie nicht zusammen waren, würde es niemals vorwärtsgehen mit ihnen. Genau hier, genau jetzt war ihre erste Priorität, die Beziehung, die sie hatten, zu retten.

»Vic? Was soll es sein?«

»Es funktioniert für mich.«

»Und kein Herumgestochere mehr in meiner Vergangenheit, verstanden?«

»Wolltest du mir je davon erzählen?«

»Nein.«

»Einfach nein? Das ist alles?«

»Einfach nein. Das ist es.« Als er diese Worte aussprach, sah sie mehr Leidenschaft und Hitze in seinen Augen als je zuvor – und alles wegen einer Frau, die schon lange tot war.

Etwas in ihr starb bei der Erkenntnis, dass sie sich mit dieser Frau nicht messen konnte. Sie konnte es nicht – und würde es auch nicht versuchen. »Ich … Es tut mir leid. Ich merke jetzt, dass es für mich doch nicht funktioniert.«

»Was sagst du da?«

Da sie vermutlich keine andere Gelegenheit erhalten würde, entschied Victoria, dass es an der Zeit war, die Karten auf den Tisch zu legen. »Ich liebe dich, Shannon. Ich bin rettungslos in dich verliebt. Ich will mein Leben mit dir teilen. Ich möchte, dass wir so viel mehr haben als eine gemeinsame Adresse, ein gemeinsames Bett und den besten Sex, den ich je hatte. Ich wünsche mir eine Familie. Ich will Kinder und einen Ehemann, der sich zu mir bekennt, der mich liebt und nur mich. Ich möchte ein Märchen-Happy-End.«

»Das kann ich nicht.«

»Doch!« Sie überwand die Entfernung zwischen ihnen, legte ihm ihre Hände auf die Brust und schob sie dann hoch, um sie in seinem Nacken zu verschränken. »Du kannst das. Du bist alles, was ich mir wünsche und brauche. Und alles, was du tun musst, ist, anzunehmen, was ich dir geben möchte, und es zu erwidern.«

»Das kann ich nicht«, wiederholte er und schüttelte den Kopf. »Ich kann nicht. Es tut mir leid. Wenn ich es mit irgendjemandem haben könnte, dann mit dir.«

»Shannon, bitte. Ich möchte ja bloß, dass du es versuchst.«

»Das habe ich doch. Ich habe ein Jahr lang mein Bestes gegeben, und trotzdem sagst du jetzt, dass mein Bestes nicht gut genug für dich ist.«

»Rede mit mir über sie. Erzähl mir, was passiert ist. Lass mich deine Last mittragen.«

Er löste sich von ihr. »Ich spreche nicht über sie. Ich hasse es, dass du auch nur von ihr weißt.«

»Warum? Was denkst du, was ich mit dieser Information tun werde, außer dich mehr lieben, als ich das bereits tue?«

Kopfschüttelnd entgegnete er: »Liebe mich nicht, Victoria. Ich verdiene das nicht.«

»Es ist viel zu spät, mir das zu sagen.« Nachdem sie sich einen Moment genommen hatte, um den Mut aufzubringen, den sie brauchte, schaute sie ihm in die Augen und senkte die Stimme, falls die Kinder so nah waren, dass sie etwas mithören könnten. »Ich weiß, wie ich dir richtig einheizen kann, wie ich dich berühren muss, dass du schreist, wenn du zum Höhepunkt kommst. Ich weiß, was dich zum Zittern bringt und was dir Seufzer der Lust entlockt, aber ich wusste nichts über den wichtigsten Menschen in deinem Leben, bis mir jemand anders von ihr erzählt hat. Ich weiß nicht, was du dir erhoffst, wovon du träumst, was du dir für dich selbst wünschst. Alles, worum ich bitte, ist die Chance, dich kennenzulernen, Shannon, und nicht nur das, was dich anmacht.«

Er brach den Blickkontakt zu ihr ab und schaute nach unten. Nach einem langen Moment sah er ihr wieder ins Gesicht, wirkte am Boden zerstört von dem, was sie da gesagt hatte. »Es tut mir so leid, dass ich dich auf diese Weise enttäuscht habe. Das hatte ich nie vor. Himmel, ich wollte nie, dass irgendetwas hiervon passiert.« Er streichelte ihr das Gesicht, und bei seiner Berührung prickelte ihre Haut am ganzen Körper, wie es jedes Mal der Fall war. Schließlich küsste er sie auf die Stirn. »Gib mir eine Stunde, dann habe ich all meine Sachen aus dem Haus geräumt. Es tut mir so leid, Liebes.«

Wie gelähmt von dem Anblick, wie er von ihr wegging, stand Victoria noch eine ganze Weile da, nachdem er verschwunden war, und Tränen liefen ihr ungehindert über das Gesicht, während sie zu begreifen versuchte, was gerade passiert war. Er hatte lieber mit ihr Schluss gemacht, als sich, seine Vergangenheit, seinen Schmerz oder seine Liebe mit ihr zu teilen.

Die Brust wurde ihr eng, und der Schmerz konzentrierte sich auf ihr Herz, das in tausend Scherben zerbrach. Blind vor Tränen beugte sie sich vornüber und versuchte, Luft in ihre Lungen zu bekommen, die von der Heftigkeit ihres Kummers zusammengepresst wurden. Nichts hatte jemals so wehgetan.

Victoria hatte keine Ahnung, wie lange sie dort so gestanden hatte, ehe sie Seamus ihren Namen sagen hörte.

»Komm mit«, forderte er sie auf und half ihr, sich aufzurichten, bevor er sie zum Haus brachte, den Arm um ihre Schultern gelegt.

Victoria presste ihr Gesicht gegen seine Brust und ließ sich von ihm führen. Im Moment war sie zu überhaupt nichts fähig, nicht mal zu den einfachsten Sachen. Er drückte sie aufs Sofa im Wohnzimmer. Obwohl es Sommer war und draußen heiß, zitterte sie unkontrollierbar. Seamus nahm eine Decke und breitete sie über sie, dann setzte er sich auf die Sofakante.

»So«, erklärte er mit seinem wunderschönen Akzent. »Das wird alles wieder. Alles wird gut.«

Victoria schüttelte den Kopf. Es fiel ihr schwer zu glauben, dass irgendetwas jemals wieder gut werden würde.

»Es gibt da einen alten Spruch … Mir fällt gerade nicht ein, von wem, doch er lautet ungefähr so: Wenn du jemanden liebst, lass ihn gehen, wenn er will. Wenn er zu dir zurückkommt, dann gehört er ganz dir. Und wenn nicht, dann hat er das auch nie getan.«

Ein Schluchzer ließ sie erbeben, und die Tränen flossen. Sie wusste schon, dass Shannon nicht zurückkommen würde. Er hatte nie ihr gehört. Das hatte sie zuvor bloß nicht verstanden. »Ich … Ich sollte gehen. Ihr braucht mein Drama hier nicht. Die Jungs …«

»Mit denen ist alles in Ordnung, und du bist hier willkommen, solange du bleiben magst.« Er zog die Decke enger um sie. »Schließ die Augen, und versuch dich ein bisschen auszuruhen. Du bist im Moment jedenfalls nicht in der Verfassung, dich hinters Steuer zu setzen.«

Victoria wusste, dass sie aufstehen sollte und nach Hause fahren, um sich ihrem Kummer ganz hinzugeben, aber sie schien ihren Körper nicht dazu bringen zu können, auch nur einen Muskel zu betätigen. Daher blieb sie auf Seamus' und Carolinas Sofa und weinte sich in den Schlaf.

Kapitel 7

Shannon lenkte das Motorrad aus Seamus' Einfahrt und fuhr viel schneller, als er das auf den gewundenen Inselstraßen hätte tun sollen. Die Gleichgültigkeit seiner eigenen Sicherheit gegenüber war eine unwillkommene Erinnerung an die Jahre nach Fionas Tod, als ihm alles egal gewesen war, vor allem er selbst.

Ein Wirrwarr aus Gefühlen drang auf ihn ein – Ärger, Trauer, Wut, Frust und Liebe. Ja, er liebte Victoria. Wie auch nicht? Sie war einfach wunderbar, süß, sexy, klug und witzig. Sie hatten ein unglaublich tolles Jahr zusammen gehabt, wenigstens hatte er das geglaubt. Offenbar war es für sie nicht ebenso toll gewesen, was für ihn überraschend kam. Er hatte keine Ahnung gehabt, dass sie in irgendeiner Weise unglücklich war, bis Seamus ihm erzählt hatte, dass sie sich nach seiner Vergangenheit erkundigt habe.

Nein, er wollte nicht über Fiona reden. Er hatte nach ihrem Tod Jahre gebraucht, bis er in der Lage gewesen war, um den sengenden, lähmenden Schmerz in seiner Brust herum zu atmen. Es hatte Jahre gedauert, bis er zu etwas anderem imstande gewesen war, als um sie zu trauern. Das, was er verdammt noch mal am allerwenigsten wollte auf der Welt, war, über Fiona zu reden oder darüber, wie es gewesen war, sie zu verlieren. Das wäre das Gleiche, als würde er sich Batteriesäure auf eine eiternde Wunde gießen, die nie wirklich verheilt war. Und die das auch nie tun würde.

Muschelkies knirschte unter seinen Reifen, als er in die Einfahrt des Hauses einbog, das er sich mit Victoria teilte. Geteilt hatte. Es war ein gutes Jahr gewesen, das Beste, seit er Fi verloren hatte. Das würde er nie leugnen. Aber Victoria sagte, sie wollte mehr. Und er hatte nicht mehr zu geben. So einfach war es.

Er stellte die Maschine ab und ging ins Haus, wo ihn der vertraute Geruch empfing. Victoria mochte Kerzen und Duftsäckchen. Plötzlich musste er daran denken, wie er sie aufgezogen hatte, als sie eine Kerze mitgebracht hatte, die nach Waschmittel roch, und er erstarrte, als hätte er einen Schlag in die Magengrube bekommen. Er schloss die Augen, atmete tief ein und langsam wieder aus. Selbst das konnte nicht verhindern, dass die vertraute Verzweiflung ihn überwältigte. Er war heute Morgen aufgewacht und hatte geglaubt, alles sei in bester Ordnung, doch jetzt … jetzt war alles schlimm.

Das Leben mit Victoria war friedlich und schön gewesen und … Verdammt, sie würde ihm fehlen. Er ließ sich schwer aufs Bett fallen, in dem sie so viele wunderbare Nächte verbracht hatten, und stützte den Kopf in die Hände. Genau das hier war der Grund, warum er sich geschworen hatte, sich nie wieder auf eine Frau einzulassen. Wer brauchte schon so einen Schmerz, wenn alles vorbei war? Und es war unweigerlich irgendwann alles vorbei.

Er fuhr sich mit den Fingern durchs Haar, dachte an den Tag, als er auf Gansett Island angekommen war und Victoria getroffen hatte, und den ersten Abend, wie sie ihn förmlich umgehauen hatte. Das Erste, was ihm an ihr aufgefallen war, war ihr Lächeln und wie es ihr ganzes Gesicht zum Strahlen brachte. Ihre Fröhlichkeit hatte von Anfang an eine lindernde Wirkung auf ihn gehabt. Und es hatte gar nicht lange gedauert, bis er nach ihrer Freude und danach, wie er sich fühlte, wenn er mit ihr zusammen war, süchtig war.

Als er nach Gansett gekommen war, hatte er nur ein paar Wochen Ferien von den Erinnerungen und den Geistern gesucht, die ihm in den langen Jahren keine Ruhe gelassen hatten, seitdem ihm Fiona entrissen worden war. Zu sagen, dass seine Beziehung mit Victoria eine Riesenüberraschung für ihn gewesen sei, war noch untertrieben. Zwar war er mit anderen Frauen zusammen gewesen, seit er Fiona verloren hatte, aber Victoria war die erste echte Beziehung gewesen, die er gehabt hatte, und jetzt war auch die vorbei, ließ ihn mit einer weiteren klaffenden Wunde zurück.

Wie viele solche Verletzungen konnte ein Herz in einem Leben ertragen und weiter seine Arbeit verrichten?

Er griff unters Bett und holte die Reisetasche hervor, die er dort verstaut hatte, als er eingezogen war. Ohne weiter über das nachzudenken, was er da tat, leerte er die zwei Schubladen, die Victoria ihm in ihrer Kommode freigeräumt hatte, und holte seine Sachen aus dem Badezimmer. Dann ging er zum Schrank, um die paar Klamotten rauszunehmen, die er auf Bügeln hängen hatte, und fand sich unvermittelt mit dem sexy schwarzen Kleid konfrontiert, das Victoria zu Dan und Karas Hochzeit am Anfang des Monats getragen hatte. Gott, wie wunderschön sie darin ausgesehen hatte.

Er erinnerte sich daran, dass er, während sie auf der Hochzeit waren und sich eng umschlungen zur Musik gewiegt hatten, es kaum hatte erwarten können, bis er mit ihr wieder zu Hause war. Und er hatte ihr zugesehen, wie sie wild mit den anderen Frauen zu den schnelleren Songs getanzt hatte. Zu der Zeit hatte er gedacht, dass sie das personifizierte Leben war – Elan, Intelligenz, Schönheit und Freude. Er landete immer wieder bei diesem Wort, wenn er an Victoria dachte. In den letzten Jahren hatte er so wenig gehabt, was ihm Freude gebracht hatte, dass es eine der ersten Sachen gewesen war, die ihn an ihr fasziniert hatten.

»Ach, Scheiße«, sagte er in das leere Haus hinein. »Was zählt es jetzt noch, dass du dich zu ihr hingezogen fühlst? Es ist vorbei. Dafür hast du selbst gesorgt.«

Zehn Minuten nachdem er angefangen hatte, waren alle seine Sachen zusammengepackt, was ihn zu der Erkenntnis führte, dass er trotz der vielen Zeit, die er in diesem Haus verbracht hatte, beinahe nichts unternommen hatte, um es zu seinem Zuhause zu machen. Vermutlich, weil er tief innerlich gewusst hatte, dass er hier nicht für immer sein würde.

In der Küche stellte er seine Reisetasche ab, entfernte den Schlüssel, den sie ihm gegeben hatte, als er hier eingezogen war, von seinem Schlüsselbund und legte ihn auf die Tischplatte. Sein ganzer Körper schmerzte vor Bedauern, während er den Schlüssel anschaute und daran dachte, wofür er stand, sich an die hoffnungsvolle Miene auf ihrem Gesicht erinnerte, als sie ihn ihm gegeben hatte, nachdem er am Ende seines zweiwöchigen Urlaubs beschlossen hatte, länger hierzubleiben. Zu der Zeit hatte er gedacht, es würde für einen oder vielleicht sogar zwei Monate sein. Jetzt stand er hier, ein Jahr später, und hatte ein neues Leben gefunden mit einer Arbeit, die ihm Spaß machte, neuen Freunden und …

Mit einem Seufzen hob er seine Tasche auf. Der beste Teil seines neuen Lebens auf Gansett war jetzt vorbei, und er musste einen Weg suchen, sich damit abzufinden und weiterzumachen. Er zog die Tür hinter sich ins Schloss und vergewisserte sich, dass sie zu war. Nachdem er seine Reisetasche hinter sich auf das Motorrad geschnallt hatte, klingelte sein Handy. Er sah, dass es Seamus war, daher ging er ran.

»Hey«, meldete er sich.

»Bist du schon ausgezogen?«

»Ja.«

»Die Fährgesellschaft hat ein Zimmer im Beachcomber. Ich hab an der Rezeption angerufen und Bescheid gesagt, dass du dort wohnen kannst.«

»Ich bin … äh … Warum hilfst du mir nach dem, was ich heute getan habe?«

»Weil du immer noch mein Cousin und mir daher wichtig bist, selbst wenn ich glaube, dass du dich völlig danebenbenimmst und der größte Depp überhaupt bist, weil du die Frau verlässt, die dich liebt.«

Shannon schloss die Augen gegen die Tränen, die ihn wütend machten. Er weigerte sich, wieder in das tiefe schwarze Loch der Trauer gesaugt zu werden. »Ich weiß, es ist nicht möglich für dich, das zu begreifen, trotzdem ist es das, was für mich im Moment am besten ist.«

»Das musst du selbst wissen.«

»Seamus … Das heute tut mir ehrlich leid. Du bist bei all dem wirklich gut zu mir gewesen, und du hättest etwas Besseres verdient als das vorhin.«

»Und mir tut es leid, wenn ich zu weit gegangen bin, indem ich mit Victoria gesprochen habe, aber ich mag sie, und zwar auch um deinetwillen. Es hat mich so gefreut, dich wieder glücklich zu sehen nach dem langen, dunklen Winter der Verzweiflung.«

Shannon schnürte sich die Kehle zu. Er schloss die Augen und versuchte, gegen die Empfindungen anzugehen, die auf ihn einstürmten. Alles, was sein Cousin sagte, war wahr, dennoch änderte nichts davon etwas an der schlichten Tatsache, dass Shannon nicht länger fähig war zu der Nähe und Liebe, die Victoria brauchte und von dem Mann in ihrem Leben zudem verdiente. Zum ersten Mal, seit er Fiona verloren hatte, wünschte er sich, er könne anders sein, mehr oder einfach bloß das, was Victoria benötigte, um glücklich zu sein. Doch das war nicht möglich.

»Melde dich, wenn ich dir irgendwie helfen kann«, fügte Seamus hinzu.

Die Großzügigkeit seines Cousins angesichts dessen, was heute geschehen war, vergrößerte nur den Druck auf Shannons Brust. »Werd ich. Danke.«

Er verstaute das Handy in seiner Hosentasche und setzte sich aufs Motorrad, warf einen letzten Blick auf das kleine Haus, in dem er mit Victoria gelebt hatte. Seamus hatte recht – er war glücklich mit ihr gewesen. Das würde er nicht abstreiten. Aber einer der Gründe, weswegen er so glücklich gewesen war, war, dass sie nie mehr von ihm verlangt hatte, als er zu geben hatte.

Bis jetzt.

Er startete das Motorrad, lenkte es auf die Straße und ließ das Haus, das im letzten Jahr sein Heim gewesen war, hinter sich. Bei dem Gedanken, von vorne anfangen zu müssen – wieder einmal – verspürte er eine überwältigende Müdigkeit.

* * *

Als Victoria aufwachte, war es dunkel. Sie hörte gedämpfte Stimmen und das leise Kichern von kleinen Jungs, die versuchten, still zu sein. Einen Augenblick lang konnte sie sich nicht mehr erinnern, warum sie in Seamus' und Carolinas Wohnzimmer schlief, aber dann kam alles wie eine Sturzflut zurück, schmerzhafte Erinnerungen, die ihr den Atem raubten.

Shannon war fort. Ihre Beziehung war zu Ende.

Als sie sich an die hitzige Szene im Garten erinnerte und die Verzweiflung, die sie in seinen Augen gesehen hatte, tat es sogar weh, wenn sie nur atmete.

Sie nahm sich ein paar Minuten, um sich zusammenzureißen, bevor sie sich aufsetzte, fuhr sich mit den Fingern durchs Haar und hoffte, mit ihrem vom Weinen fleckigen Gesicht würde sie den Jungs keine Angst machen. Sobald die Decke, mit der Seamus sie fürsorglich zugedeckt hatte, zusammengefaltet und über die Sofalehne gelegt war, atmete sie tief durch und wappnete sich, um sich ihren Freunden zu stellen.

Die vier saßen um den Tisch und aßen Hamburger und Pommes frites. Jackson hatte Ketchup auf der Wange, und Kyle redete mit vollem Mund, während Carolina ihn liebevoll an seine Tischmanieren erinnerte. Sie waren so eine süße kleine Familie, und Victoria bewunderte Seamus und Caro dafür, was sie für die beiden Jungs getan hatten.

»Sie ist wach!«, rief Kyle, als er Victoria erblickte. »Können wir jetzt laut sein?«

Seamus lachte über die Frage und den Mundvoll Essen, der Kyle beinahe wieder auf den Teller fiel, während er sprach. »Mach den Mund zu, und kau erst mal zu Ende.«

»Es tut mir so leid, dass ihr meinetwegen leise sein musstet«, entschuldigte sich Victoria bei Kyle.

»Ich hoffe, du konntest dich gut ausruhen«, bemerkte Seamus und betrachtete sie mit Sorge im Gesicht, das beinahe so attraktiv war wie das seines jüngeren Cousins, obwohl es im Moment leicht geschwollen und voller Abschürfungen war. Sie würde immer für Shannons gut geschnittene Züge empfänglich sein, ob er und sie nun zusammen waren oder nicht.

»Ja, habe ich. Danke, dass ich bleiben durfte. Jetzt werde ich euch nicht länger zur Last fallen.«

»Du fällst uns doch nicht zur Last«, widersprach Carolina. »Möchtest du vielleicht etwas essen?«

Victoria legte sich eine Hand auf den Bauch. »Ich glaub nicht, dass ich was runterbringen könnte, aber trotzdem danke.«

Carolina stand auf, um sie zu umarmen. »Halt die Ohren steif, und falls du uns brauchst, du weißt ja, wo wir sind.«

»Danke«, antwortete Victoria leise, hatte Angst, mehr zu sagen und dabei wieder die Fassung zu verlieren.

»Ich bring dich raus«, erklärte Seamus.

Victoria winkte den Jungs und folgte Seamus zur Tür hinaus. Als sie an ihrem Auto ankam, drehte sie sich zu ihm um. »Danke für alles. Das war mehr, als man erwarten kann. Es tut mir leid, dass ich dich überhaupt erst in diese Lage gebracht habe. Ich hätte niemals gestern zu dir kommen sollen.«

»Das ist Quatsch. Du hast nichts falsch gemacht. Du wolltest es wissen. An wen sonst hättest du dich wenden sollen, wenn du dich nun mal nicht ganz wohl dabei gefühlt hast, ihn direkt zu fragen?«

»Genau das ist doch der Punkt. Wenn mir bei der Vorstellung, ihn das selbst zu fragen, nicht ganz wohl war, dann hätte mir das als Zeichen dienen sollen, dass irgendwas nicht in Ordnung ist.«

»Vielleicht, aber du hast das Herz auf dem rechten Fleck und hast nur versucht, dir auf sein Verhalten einen Reim zu machen. Und du hast vermutet, dass da Dinge waren, die er dir verschwieg, die allerdings irgendwann mal wichtig werden würden.«

Victoria rieb sich mit der Hand die Brust über ihrem schmerzenden Herzen. »Wie lange wird es so schlimm wehtun?«

»Eine ganze Weile, fürchte ich. Nachdem Caro und ich das erste Mal zusammen waren, hat sie beschlossen, dass unser Altersunterschied zu viel für sie war. Wir haben uns eine ganze Weile im Kreis gedreht, bis ich es einfach nicht mehr ertragen habe. Ich habe tatsächlich bei Joe gekündigt, wollte nach Irland zurück, weil ich hier nicht sein wollte, wenn ich sie nicht haben konnte.«

»Ich hatte keine Ahnung, dass ihr es so schwer hattet.«

»Ja, es war für lange Zeit eine furchtbare Situation. Ich weiß, wie es ist, wenn sich das Herz anfühlt, als wäre es in der Mitte gebrochen und nichts könnte es heilen außer derjenige, den man liebt.«

»Und was ist passiert? Wie kommt es, dass du doch geblieben bist?«

»Joe hat seiner Mutter erzählt, dass ich gekündigt habe, und in der Nacht ist sie zu mir gekommen, hat mich gebeten, nicht zu gehen – und nicht weil mein Weggang für ihren Sohn bei der Fährgesellschaft einen absoluten Albtraum bedeutet hätte, sondern weil *sie* wollte, dass ich dableibe. Was als einer der schlimmsten Tage meines Lebens begonnen hatte, wurde dann schnell zu einem der besten.« Er zog Victoria in seine Arme. »Ich weiß, es fühlt sich jetzt schrecklich an, aber gib die Hoffnung nicht auf. Dieser drastische Schritt könnte genau das sein, was er braucht, um zur Vernunft zu kommen und zu erkennen, was sich direkt vor seiner Nase befindet.«

Obwohl sie sich am liebsten an Seamus' hoffnungsvolle Einschätzung geklammert hätte, musste Victoria dennoch realistisch sein. »Ich glaube nicht, dass das passieren wird. Trotzdem danke, dass du versuchst, mich aufzuheitern.«

Er entließ sie aus seiner Umarmung. »Du hast gehört, was Caro gesagt hat. Wir sind deine Freunde. Wenn du uns brauchst, weißt du, wo du uns findest.«

Victoria gab ihm einen Kuss auf die Wange, die nicht verschrammt war. »Danke.« Sie stieg ins Auto und ließ das Fenster runter.

»Shannon ist übrigens im Moment im Zimmer der Fährgesellschaft im Beachcomber«, bemerkte Seamus. »Nur für den Fall, dass er etwas in deinem Haus hat liegen lassen.«

»Gut zu wissen«, antwortete sie und schluckte trocken bei der Erkenntnis, dass er bereits aus ihrem gemeinsamen Zuhause ausgezogen war.

»Ich komme morgen vorbei und schau nach dir.«

»Hey, Seamus? Carolina war echt klug, dass sie zu dir gegangen ist.«

»Ich weiß«, erwiderte er mit einem frechen Grinsen. »Das ist die andere Sache, die ich ihr jeden Tag sage.«

Lächelnd winkte Victoria, während sie die Auffahrt zur Hauptstraße hinabrollte, die sich an der Küste entlang um die Insel wand. An der Stelle, an der sie sich entscheiden musste, ob sie nach rechts und zu sich fahren wollte, wusste sie einen Moment lang nicht weiter. Bei der Vorstellung, nach Hause zu kommen und mit eigenen Augen sehen zu müssen, dass Shannon seine Sachen gepackt hatte, fühlte sie sich furchtbar, daher bog sie nach links ab und machte sich auf den Weg zu Davids Apartment.

Von unterwegs rief sie ihn an, um zu fragen, ob er und Daisy zu Hause waren. Er ging beim dritten Klingeln dran, war ganz außer Atem.

»Hey, was ist los?«, wollte er wissen.

»Ich hab mich nur gefragt, ob du zu Hause bist, aber ich hab den Eindruck, als würde ich bei etwas stören.«

»Haha, sehr komisch. Ich musste zum Telefon rennen, weil ich bei Jared war und völlig vergessen hatte, es mitzunehmen. Daisy hat es klingeln gehört. Also ja, ich bin zu Hause.«

»Würde es stören, wenn ich rüberkomme und mir vielleicht heute Nacht euer Sofa schnappe?« Während sie die Frage stellte, verachtete sich Victoria, weil sie so ein Feigling war, doch sie fühlte sich einfach nicht imstande, sich dem leeren Haus zu stellen. Wenigstens nicht heute Abend.

»Natürlich. Unser Sofa ist dein Sofa.«

»Danke, ich bin dann gleich da.«

»Klingt gut.«

Victoria musste sich wieder daran erinnern, sich aufs Fahren zu konzentrieren, damit sie nicht im Graben landete oder, schlimmer noch, über den Rand einer der vielen steilen Klippen von Gansett stürzte. Irgendwie gelang es ihr, ihr Auto ohne Zwischenfall über die gewundenen Straßen zu steuern, und sie erreichte sicher die Auffahrt von Davids Haus.

Wie das süße verlobte Paar, das sie waren, warteten Daisy und David gemeinsam auf sie, saßen auf den Stufen der Treppe, die zu ihrem Apartment über der Garage von Jared und Lizzie James' Haus am Strand führte. Victoria schaltete den Motor aus und versuchte, die Kraft zu finden, aus dem Auto auszusteigen, war entschlossen, sich zusammenzureißen, bis sie wieder allein war.

Dieser Entschluss hielt, bis David aufstand, zu ihr kam und die Arme um sie legte.

Victoria brach in krampfhafte Schluchzer aus.

Gott sei Dank sagte David nichts. Er hielt sie nur, während sie sich die Augen ausweinte. Er ließ seinen Arm um ihre Schultern, während er sie hinter Daisy her in die Wohnung führte.

»Es tut mir leid, dass ich bei euch so reinplatze«, brachte Victoria schließlich hervor und wischte sich die Tränen ab. »Aber Shannon ist ausgezogen, und ich wollte heute Abend nicht allein dort sein.«

»Das ist verständlich«, erwiderte Daisy. »Und natürlich war es richtig, zu uns zu kommen. Ich mache dir keinen Vorwurf daraus, dass du heute nicht zu Hause sein möchtest. Und es tut mir so leid, das von dir und Shannon zu hören.«

»Ich vermute, dein Gespräch mit ihm ist nicht so gut gelaufen«, bemerkte David.

Sie berichtete ihnen von Shannons handgreiflicher Auseinandersetzung mit Seamus und dem Gespräch, das zu ihrer Trennung geführt hatte.

»Lieber Gott«, entfuhr es Daisy. »Seine Freundin wurde ermordet?«

Victoria nickte, während sie sich auf das Sofa sinken ließ, da ihre Beine sie nicht mehr trugen. »Vor neun Jahren.«

»Du weißt doch schon länger, dass da etwas war«, sagte David und setzte sich neben sie auf das Sofa, während Daisy auf einem der Stühle Platz nahm. »Ich erinnere mich an ein paar Mal, als du dir Gedanken gemacht hast, ob er jemals mehr mit dir haben wollen würde.«

»Da war auf jeden Fall so was wie eine Mauer, an die ich immer wieder gestoßen bin«, erklärte Victoria und wischte sich ungeduldig die Tränen weg, die einfach nicht aufhören wollten zu fallen. »Und jetzt weiß ich, dass diese Mauer einen Namen hat, und es tut mir so unfassbar leid für sie und für ihn.«

Daisy stand auf und holte eine Packung Taschentücher, die sie Victoria reichte. Dann setzte sie sich auf der anderen Seite neben ihr aufs Sofa.

Victoria lächelte sie dankbar an. In Zeiten wie diesen war es unverzichtbar, Freunde wie die beiden zu haben. Sie fuhr sich mit dem Tuch übers Gesicht und putzte sich die Nase. »Was verrät es über mich, dass das hier das erste Mal in meinem ganzen Leben ist, dass ich wegen eines Mannes weine?«

»Dass du bislang sehr viel Glück gehabt hast«, antwortete Daisy.

Sofort fühlte sich Victoria furchtbar, dass sie so etwas gesagt hatte, obwohl sie wusste, dass Daisy von dem letzten Mann, mit dem sie vor David zusammen gewesen war, geschlagen worden war. »Tut mir leid, Daisy. Das war wenig einfühlsam.«

»Du musst dich nicht entschuldigen. Ich meine es ernst. Du kannst froh sein, dass dies das erste Mal ist, dass du wegen eines Mannes geweint hast. Ich habe den Großteil meines Lebens als Erwachsene damit verbracht, wegen Männern zu weinen.«

»Bis vor Kurzem«, warf David ein und lächelte sie an.

»Jetzt sind es alles Glückstränen«, bemerkte Daisy und erwiderte das Lächeln ihres Verlobten.

»Ich möchte, was ihr habt«, verkündete Victoria. »Ist das zu viel verlangt?«

»Überhaupt nicht«, antwortete Daisy und legte einen Arm um sie.

»Ich hätte niemals zu Seamus gehen sollen«, erklärte Victoria voller Bedauern. »Wenn ich das doch nur nicht getan hätte.«

»Wenn du's nicht getan hättest«, warf David ein, »hättest du nie erfahren, was Shannon passiert ist, weil er es dir nicht von sich aus erzählt hätte, und du hättest auch nie mit ihm bekommen, was du dir wirklich von ihm gewünscht hast. Du warst schon eine Weile nicht mehr ungetrübt glücklich mit ihm, Victoria. Ich hab mir Sorgen gemacht, weil du immer gescherzt hast, dass ihr vor allem heißen Sex hattet. In letzter Zeit hast du mit diesen Witzen aufgehört. Du warst unzufrieden. Das ist uns beiden aufgefallen.«

Daisy nickte zustimmend.

»Ich dachte, es wäre mir besser gelungen, das vor allen zu verbergen.«

»Wir kennen dich zu gut«, meinte David. »Ich hab es schon vor Monaten kommen sehen.«

»Ich habe mich an die Hoffnung geklammert, dass er sich mir öffnet, wenn ich einfach lang genug warte«, sagte sie leise. »Ich habe ihm so viele Chancen geboten, aber er ist nie darauf eingegangen.«

»Und das hatte er auch nicht vor«, erwiderte David. »Es war richtig von dir, etwas zu unternehmen. Entweder das oder bis in alle Ewigkeit so in der Luft zu hängen.«

»Nun, ich habe bekommen, was ich wollte. Teilweise, wenigstens. Nicht, dass es jetzt noch wichtig wäre.«

»Doch, es ist wichtig, Victoria«, beharrte Daisy. »Du liebst ihn, und ich glaube, er liebt dich. Ich habe gesehen, wie er dich anschaut. Wenn das kein verliebter Mann ist, dann weiß ich nichts über die Liebe.«

»Und damit kennt sie sich aus«, stellte David völlig ernsthaft fest. »Vertrau mir in dem Punkt.«

Beide Frauen lachten.

»Es hilft jedenfalls zu wissen, dass du denkst, dass er so für mich empfindet«, teilte Victoria Daisy mit.

»Ich sage das nicht nur, weil du das hören willst. Ich glaube es wirklich. Lass ihm etwas Zeit, um zu erkennen, wie das Leben ohne dich für ihn aussehen wird. Er wird zu dir zurückkommen.«

»Nun, das werden wir sehen, oder?«

David legte einen Arm um sie. »Du bist herzlich eingeladen, so lange du willst bei uns zu bleiben.«

Victoria lehnte ihren Kopf an seine Schulter. »Das Letzte, was ihr Turteltäubchen jetzt braucht, ist, dass ich zwischen euch sitze.«

»Das stört uns nicht«, widersprach Daisy.

»Ich ertrage es nicht, dich so traurig zu sehen«, verkündete David. »Ich mag es viel lieber, wenn du mich aufziehst oder mir ungefragt Details aus deinem Sexleben erzählst.«

Victoria musste lachen, obwohl ihr immer noch die Tränen über die Wangen liefen. »Darüber musst du dir in der nächsten Zeit keine Sorgen machen.«

»Ich weiß, es sieht jetzt nicht so aus, aber du wirst auch das überstehen«, tröstete David sie. »Versprochen.«

»Sag mir das immer weiter.«

»Jederzeit und wann immer du es hören musst.«

»Wie sieht es aus mit etwas zu essen?«, schlug Daisy vor.

»Ich bin mir nicht sicher, ob ich was runterbringe.«

»Frühstücksflocken?«, erkundigte sich David. »Dazu kannst du doch niemals Nein sagen.«

Victoria wollte gerade ablehnen, als ihr Magen knurrte – und zwar laut.

Lachend erklärte David: »Das werte ich als Ja. Komm mit.« Er nahm sie bei der Hand und zog sie hoch und mit sich in die Küche. »Daisy hat mir Captain-Crunch-Flakes gekauft.«

Plötzlich gab es nichts, was sie lieber tun würde, als mit David Captain Crunch zu essen. »Sie liebt dich wahrhaftig.«

»Das tut sie auf jeden Fall.«

* * *

Während Daisy es Victoria auf dem Sofa bequem machte, duschte David rasch und dachte dabei über die traurige Lage seiner Freundin nach. Er hegte keinen Zweifel daran, dass Victoria Shannon liebte, und zwar schon seit einer ganzen Weile. Das hieß allerdings ebenfalls, dass er sich schon eine ganze Weile immer mehr Sorgen wegen Shannons augenscheinlicher Unfähigkeit machte, sich auf mehr einzulassen als etwas, das von außen betrachtet eine eher unverbindliche Sache war. Er wusste, Victoria wünschte sich mehr und brauchte auch mehr, weshalb David schon befürchtet hatte, dass sie verletzt werden könnte.

Es war, hatte er entdeckt, gar nicht so leicht, eine gute Freundin vor dem Mann zu warnen, den sie liebte. Daisy hatte ihm geraten, seine Sorgen für sich zu behalten oder wenigstens sehr vorsichtig zu sein. Am Ende würde Victoria Shannon vielleicht heiraten, und dann wäre David derjenige, der vorher skeptisch gewesen war. Und das Letzte, was er wollte, war, mehr Zweifel in ihr zu wecken, als sie so schon hatte.

Also hatte er den Mund gehalten und zugeschaut, wie sie sich im Laufe des letzten Jahres immer mehr auf Shannon einließ. Jetzt, da sie tatsächlich verletzt worden war, fragte er sich, ob er mehr hätte tun sollen, um sie auf diese Möglichkeit vorzubereiten.

Er nahm diese Sorgen mit ins Bett, wo er auf Daisy wartete.

Sie kam ein paar Minuten später und schloss die Tür hinter sich.

»Wie geht es ihr?«

»Nicht wirklich gut. Sie will etwas Fernsehen schauen und dann versuchen zu schlafen.« Daisy setzte sich auf die Bettkante und schlüpfte aus ihren Flipflops. »Sie tut mir so leid. Ich kann mir gar nicht vorstellen, wie schwer es gewesen sein muss, herauszufinden, was Shannon passiert ist, und ihn dann darüber ganz zu verlieren.« Sie drehte sich um, sodass sie ihm ins Gesicht schauen konnte. »Du hast es kommen sehen.«

»Nicht dieses spezielle Szenario, allerdings weißt du, dass ich mir schon eine Weile Sorgen gemacht habe, weil er sich nicht ganz so weit darauf eingelassen hat wie sie. Ich hätte was sagen sollen.«

»Nein, ich glaube immer noch, dass es richtig war, dass du das nicht getan hast. Was, wenn sie ihn am Ende geheiratet hätte? Dann wärst du der Freund gewesen, der an dem Mann, den sie liebt, gezweifelt hätte. Glaub mir. Ich bin das Mädchen gewesen, das immer mit jemandem zusammen war, den alle anderen in ihrem Leben schrecklich fanden. Mit gutem Grund, wie sich herausgestellt hat, doch niemand hätte mir das sagen dürfen, solange ich drin war. Liebe macht die Menschen blind.«

»Ach ja?« Er tastete nach ihrer Hand. »Wofür bist du blind, wenn es um mich geht?«

»Die Tatsache, dass du dreißig Jahre alt bist, aber trotzdem Captain Crunch isst.«

David lachte und tat so, als sei er tief getroffen. »Ich *liebe* Captain Crunch.«

»Ich weiß.« Sie beugte sich vor, um ihn zu küssen. »Und *ich* liebe *dich*, was der Grund ist, weshalb ich das Zeug für dich kaufe.«

David zog sie zu sich aufs Bett. »Und wofür bist du noch blind?«

»Dass du manchmal vergisst, die Klobrille wieder runterzuklappen.«

»Das stimmt doch gar nicht. Ich bin mit Schwestern aufgewachsen. Ich weiß es wirklich besser.«

»Ganz selten mal.«

»Ich verlange einen Beweis für diese Anschuldigung.«

Daisy musste über seine Empörung kichern. Himmel, er liebte sie so sehr. Victorias Herzschmerz aus nächster Nähe mit anzusehen, verstärkte seine Dankbarkeit für Daisy und ihr gemeinsames Leben nur weiter.

»Nächstes Mal mache ich ein Foto.«

»Unbedingt. Gibt es sonst noch was?«

»Nein«, antwortete sie und strich ihm mit den Fingern durchs Haar.

»Würdest du es mir sagen, wenn da etwas wäre?«

»Wenn es etwas Wichtiges wäre, schon. Und umgekehrt, würdest *du* es *mir* sagen?«

»Du wirst für mich niemals etwas anderes als perfekt sein.«

Sie lachte schnaubend. »So ein Quatsch. Was war zum Beispiel letzte Woche, als ich einen völlig funktionstüchtigen Stuhl am Straßenrand gesehen hatte, den ich mit heimnehmen wollte, und du gemeint hast, wir bräuchten nicht den Sperrmüll anderer Leute?«

»Was ist damit?«

»Du findest nicht, dass meine Vorliebe für den Sperrmüll anderer Leute ein Charaktermangel ist?«

»Nicht im Geringsten. Ich halte es für einen Rückfall in eine Zeit in deinem Leben, als du dir nichts Besseres leisten konntest. Dabei kannst du dir jetzt deinen eigenen Sperrmüll fabrikneu kaufen.«

»Aber warum sollte ich Geld für etwas Fabrikneues verschwenden, wenn es eine funktionsfähige Version davon gratis gibt, die ich sauber machen und anstreichen und wieder wie neu aussehen lassen kann?«

»Willst du mir schonend beibringen, dass du bis in alle Ewigkeit eine kleine Pfennigfuchserin sein wirst?«

»Ja, und damit wirst du leben müssen.«

»Die meisten Männer würden sagen, dass Sparsamkeit bei einer möglichen Ehefrau in keinster Weise als Charaktermangel zählt.«

Sie hob eine Augenbraue. »Eine mögliche Ehefrau?«

»Ich meinte zukünftige Ehefrau. Daran ist nichts nur eine Möglichkeit.«

»Das ist schon viel besser.«

David hob die Hände und umfing ihr süßes Gesicht. »Heute Nacht bin ich besonders dankbar, dich in meinem Leben zu haben. Ich wünschte, alle, die uns wichtig sind, könnten so glücklich sein wie wir.«

»Das wünsche ich auch, aber wir haben schließlich hart dafür gearbeitet, dorthin zu gelangen, wo wir jetzt sind. Es war nicht immer einfach.«

»Doch, war es.«

»Erinnerst du dich an die gleichen Sachen wie ich?«

»Ich erinnere mich an jede Minute davon, und es ist immer einfach gewesen, mit dir zusammen zu sein. Es waren andere Dinge, Einflüsse von außen, die es kompliziert gemacht haben.«

»Stimmt.«

David legte eine Hand auf ihren Oberschenkel und zupfte am Saum ihres Strandkleides, zog ihn hoch, bis er eine ihrer Pobacken umfassen konnte.

»Stopp«, sagte sie und begann zu zappeln. »Wir können das nicht tun, wenn deine Freundin mit gebrochenem Herzen im Zimmer nebenan liegt.«

»Klar können wir das. Wir müssen nur wirklich, wirklich leise sein.«

»David …«

»Ja, Daisy?«

»Wir können nicht.«

»Doch, aber so was von.« Mit einer einzigen geschmeidigen Bewegung hatte er ihr das Kleid über den Kopf gezogen und sie auf dem Bett unter sich liegen. Dann streckte er die Hand aus, um die Nachttischlampe auszuschalten. »Psst.« Er verschloss ihr mit seinen Lippen den Mund, und wusste, er hatte sie, als sie ihre Arme um seinen Hals legte.

»Wir könnten auch mal eine Nacht ohne auskommen, weißt du?«, flüsterte Daisy an seinem Mundwinkel. Er konnte ihr Lächeln spüren.

»Nein, auf keinen Fall.«

»O doch, ganz sicher.«

»Du machst keinen Mucks, klar?«

Sie stieß ihn in die Rippen, sodass er nach Luft schnappte und dann lachte.

In dem Versuch, die Oberhand zu bekommen, lehnte er sich zurück und zog ihr BH und Unterhose aus, streifte sich selbst die Pyjamahose ab, die er im Bett trug. Als er sich über sie schob, nahm er sich einen Moment, um ihr ins liebe Gesicht zu sehen, das er im Schein des Nachtlichts aus dem Bad erkennen konnte.

Sie schaute ihn aus großen Augen an, in denen Verlangen und Liebe schimmerten.

»Selbst nach all dieser Zeit«, flüsterte er, »raubst du mir den Atem.«

»Geht mir mit dir genauso«, sagte sie mit dem gleichen Flüstern. »Ich liebe dich so sehr. Jeden Tag mehr.«

Er liebte sie langsam und zärtlich, ganz ohne Eile, und genoss ihr leises Keuchen und das kehlige Stöhnen, das er auf ihren Lippen erstickte. Hinterher hielt er sie in seinen Armen, streichelte ihr den Rücken und staunte über ihre zarte Haut. »Das war unfassbar erotisch, weil wir so still sein mussten.«

»Ich kann nicht glauben, dass du mich dazu überredet hast, obwohl wir einen Gast haben.«

»Ich hab dich zu nichts gezwungen.«

»Ich bin viel zu leicht rumzukriegen, wenn's um dich geht.«

»Nein, Süße, du bist absolut perfekt, wenn es um mich geht.«

Sie küsste ihn auf die Brust und schmiegte sich enger an ihn. »Sie wird sich erholen, oder?«

»Mit der Zeit wird sie darüber hinwegkommen.« Er selbst hatte sehr lange gebraucht, um das explosive Ende seiner Verlobung zu verarbeiten und seine Schuldgefühle wegen des Schmerzes, den er Janey in der Vergangenheit zugefügt hatte, hinter sich zu lassen. Und Daisy hatte unter der Gewalt in ihrer Beziehung mit Truck Henry gelitten. »Wir wissen, wie das geht, richtig?«

»Mhm. Nur zu gut.«

»Wir kümmern uns um sie und helfen ihr da durch. Versuch, dir keine Gedanken zu machen.« Er sagte, was Daisy hören musste, aber er sorgte sich sehr wegen Victoria. Er hatte sie nie anders als optimistisch und fröhlich erlebt. Ihre Tränen waren ihm wirklich nah gegangen, und er konnte bloß hoffen, dass sie sich von dem Herzschmerz wieder erholen würde. Sie war so eine gute Freundin für ihn und Daisy gewesen, dass er alles tun würde, um ihr durch diese Krise zu helfen.

Kapitel 8

Shannon richtete sich in dem kleinen Zimmer ein, das die Firma im zweiten Stock des Beachcombers gemietet hatte. Der Raum enthielt nicht mehr als ein schmales Bett und eine Kommode und hatte ein kleines Bad, also brauchte er nur etwa fünf Minuten, um seine Tasche auszupacken. Ganz unten bemerkte er einen Umschlag, den er dort hineingelegt hatte, bevor er Irland verlassen hatte, den Umschlag, den er nicht ein Mal angerührt hatte, seit er auf Gansett angekommen war.

Jetzt zog er ihn hervor und hielt ihn eine volle Minute in beiden Händen, bevor er sich überwinden konnte, ihn zu öffnen. In ihm befanden sich die Fotos von Fiona, die er mitgenommen hatte, weil er sich sicher sein wollte, dass er sie hatte, wenn er den Drang verspürte, sie zu betrachten. Ein ganzes Jahr hatten sie in seiner Tasche unter dem Bett gelegen, das er mit Victoria geteilt hatte.

In der ganzen Zeit hatte er nicht ein Mal das Bedürfnis gehabt, sie vorzuholen und anzuschauen. Als ihm jetzt klar wurde, wie lang es her war, dass er Fionas Gesicht angesehen hatte, fühlte er sich schuldig und schlecht. Er zog vorsichtig die kostbaren Fotos aus dem Umschlag und atmete scharf ein, als hätte das irgendwie die Heftigkeit des Schmerzes lindern können, der beim Anblick ihres bekannten Gesichts in ihm aufflackerte.

Wie konnte so viel Zeit vergangen sein, ohne dass er das Bedürfnis gehabt hatte, sie zu betrachten? Das war der Beweis, dass er die Sache mit Victoria völlig aus dem Ruder hatte laufen lassen. Fiona, *seine* Fiona, verdiente viel mehr als ein ganzes Jahr, in dem er ihr Foto nicht ein Mal angesehen hatte.

Nicht dass er Bilder brauchte, um sich an sie zu erinnern. Als er auf das Gesicht mit den niedlichen Sommersprossen auf der Nase und den wunderschönen blaugrünen Augen hinabblickte, in denen immer ein spitzbübisches Funkeln gestanden hatte, war es wieder, als wäre es gestern gewesen. Jahrelang hatte er sich auf diese Aufnahmen verlassen, genau wie auf viele andere, um die furchtbaren Erinnerungen an ihren brutalen Tod auszulöschen.

Der Schreck, der ihn in ihrer gemütlichen Wohnung erwartet hatte, in der Nacht, als er von der Arbeit nach Hause gekommen war und sie ermordet vorgefunden hatte, hatte ihn gnadenlos verfolgt. Während er mit dem Finger über die goldenen Locken strich, die ihr bis über die Schultern fielen, wurde er zurückversetzt in jene furchtbaren ersten Tage. Ein Schauder durchlief ihn, und er schüttelte den Kopf, als könnte ihn das aus dieser unwillkommenen Reise in die Vergangenheit herausholen.

Shannon küsste das oberste Foto und steckte es mit den anderen wieder in den Umschlag. Dann legte er ihn zurück in die Tasche und schloss sie, als wenn das die Erinnerungen einschließen könnte, in der Vergangenheit, wo sie hingehörten.

»Ich brauche einen Drink«, teilte er dem leeren Raum mit. Im Badezimmer spritzte er sich Wasser ins Gesicht und kämmte sich das Haar. Als er sich im Spiegel betrachtete, bemerkte er, dass er wieder aussah wie damals, nachdem Fiona gestorben war – gehetzt und wie ausgehöhlt, als hätte ihm jemand das Herz aus der Brust geschnitten.

Die eine Sache, die ihm geholfen hatte, war dieselbe, die ihm auch jetzt helfen würde – Jameson Irish Whiskey. Er ging die zwei Treppen in die Lobby hinunter und setzte sich an die Bar, wo Chelsea Rose, eine von seinen vielen neuen Bekannten auf der Insel, die meisten Nächte Hof hielt.

Sie kam herüber, um ihn mit einem Lächeln zu begrüßen, und legte eine Cocktailserviette auf das dunkle Holz vor ihm. »Hi, wie steht's?«

»Oh, äh, gut.« Eigentlich war alles schlimm, aber das wollte sie bestimmt nicht hören. Sie machte schließlich nur ihren Job, redete mit ihm.

»Was kann ich dir bringen?«

»Jameson, bitte.« Normalerweise trank er Guinness, doch heute Abend brauchte er was Stärkeres.

Falls sie von seiner Getränkeauswahl überrascht war, ließ sie es sich nicht anmerken. »Kommt sofort.« Sie stellte den Drink auf die Serviette vor ihn. »Soll ich eine Rechnung aufmachen?«

»Ja, bitte. Danke.«

»Kein Problem. Wo ist denn Vic heute?« Chelsea gab gerade seinen Drink in den Computer ein, der als Registrierkasse fungierte, also sah sie nicht den unglücklichen Ausdruck, der auf sein Gesicht trat, aber er bemerkte ihn im Spiegel hinter der Bar.

»Sie ist … zu Hause.« Er hatte keine Ahnung, wo sie war, und das gefiel ihm gar nicht.

»Ich hab gehört, dass sie zwei aufregende Tage hinter sich hat, mit den ganzen Babys.«

»Das stimmt. Sie ist völlig platt.« Die Leute würden schnell genug herausfinden, dass sie sich getrennt hatten, doch sie würden es nicht von ihm erfahren.

»Definiere ›völlig platt‹.«

»Du würdest sagen total erschöpft.«

»Ah, verstehe. Wir haben echt Glück, jemanden wie sie auf der Insel zu haben.«

Shannon nickte zustimmend und konzentrierte sich dann auf seinen Drink, hoffte, die Botschaft zu senden, dass er sich nicht weiter unterhalten wollte.

Chelsea begab sich zum nächsten Gast und füllte sein Glas nach. Sie hatte ein paar nette Worte für jeden, der an ihrer Bar saß, hielt ein freundliches Gespräch am Laufen, während sie Drinks servierte und Bestellungen eingab und die Kellnerinnen und Kellner unterstützte, die die Abendschicht arbeiteten.

Shannons Magen knurrte und ließ ihn auf diese Weise wissen, dass er mehr als flüssige Nahrung brauchte, oder er würde vom Hocker kippen, bevor die Nacht um war. Als Chelsea das nächste Mal an ihm vorbeikam, bestellte er sich eine Schüssel Muschelsuppe, was zu einem seiner Lieblingsgerichte geworden war, seit er hier auf Gansett lebte.

Er aß die Suppe und war bei seinem dritten Glas Jameson, als sich jemand neben ihn setzte. Er warf einen Blick nach rechts und erkannte Dr. Kevin McCarthy, der sich über die Bar beugte, um Chelsea einen Kuss zu geben. Die zwei waren jetzt seit einigen Monaten zusammen. Er und Vic waren ein paar Mal mit ihnen ausgegangen, und Shannon hatte die Gesellschaft des Psychologen genauso genossen wie seine klugen Bemerkungen über das Leben.

»Wie steht's?«, fragte Kevin Shannon, als Chelsea sich den Gästen am anderen Ende der Bar zuwandte.

»Gut. Und bei dir?«

»War nie besser.« Während er sprach, wanderte Kevins Blick zu Chelsea. Sie waren wahnsinnig verliebt, wenigstens schien es Shannon so.

»Freut mich zu hören.«

»Bist du allein hier?«

»Ja.« Er erklärte das nicht weiter, und Kevin fragte auch nicht nach. Dies war ein so guter Zeitpunkt wie jeder andere, sich wieder daran zu gewöhnen, allein unterwegs zu sein.

Die beiden Männer machten Small Talk, während sie ihre Drinks tranken und das Treiben in der Bar beobachteten. Ein Gitarrist, ein Ire namens Niall Fitzgerald, trug zu der Atmosphäre auf der Terrasse bei, die zum Fähranleger und dem South Harbor hinausging. Shannon betrachtete die Fähre, die die erste Tour von der Insel morgen machen würde, eine Erinnerung daran, dass er die nächsten drei Tage nicht zur Arbeit gehen durfte. Was zur Hölle sollte er mit sich anfangen, ohne Arbeit und ohne Victoria, mit der er Zeit verbringen konnte, oder irgendetwas anderes, was er zu tun hatte?

Er rieb sich über die Brust, hoffte, die Panik würde sich legen.

»Was ist heute Abend mit dir los?«, hakte Kevin nach und riss Shannon jäh aus seinen Überlegungen.

»Nichts.«

»Du wirkst irgendwie unentspannt und nervös und trinkst wie ein Mann, der das Vergessen sucht.«

»Lass bitte nicht den Psychiater raushängen, Doc.« Das rutschte ihm genervter heraus, als er vorgehabt hatte.

»Tu ich nicht. Ich kommentiere nur, was ich sehe.«

Darauf hatte Shannon keine Antwort. »Was ist mit deiner Hand passiert?«, wollte Kevin wissen und nickte zu Shannons aufgeschürften und geschwollenen Knöcheln.

»Hab sie auf der Arbeit in der Tür eingeklemmt.«

»Au.« Kevin nahm einen Schluck von seinem Bier, an dem er sich jetzt seit einer Stunde festhielt. »Hey, ich habe heute mit einem alten Collegefreund von mir gesprochen. Er ist gerade von einer Irland-Reise zurückgekehrt. Hat gesagt, das Highlight war Killarney. Bist du da je gewesen?«

Erleichtert über das neue Thema, das sich nicht darum drehte, was mit ihm nicht stimmte, nickte Shannon. »Es ist unten in County Kerry. Nett da.«

»Stammst du irgendwo aus der Gegend?«

Er schüttelte den Kopf. »Meine Familie ist aus Wicklow auf der Seite der Irischen See. Kerry ist am Atlantik.«

»Ah, verstehe. Ich hab ihm gesagt, dass ich einen Freund namens Shannon habe, und er hat erzählt, dass das in Irland kein besonders üblicher Name für Männer ist.«

»Wem sagst du das«, seufzte Shannon mit einem kurzen Lachen. »Es ist der Mädchenname meiner Mutter. Sie dachte, es wäre was Besonderes. Ich hatte schon jede Menge Ärger deswegen.«

»Oh, verstehe. Das ergibt Sinn.«

»Schön, dass es das wenigstens für dich tut.«

»Eine Reise nach Irland gehört zu den Dingen, die ich schon lange unbedingt mal machen wollte.«

»Es wird dir gefallen.«

»Ich habe keinen Zweifel, dass ich restlos begeistert sein werde. Hast du je Heimweh?«

Bei der Frage zog sich Shannon der Brustkorb zusammen. Bisher hatte er es nicht gehabt. »Nicht wirklich. Es gefällt mir hier.« Oder es hatte ihm zumindest bis heute gefallen, als alles den Bach runtergegangen war. *Ich liebe dich, Shannon. Ich bin rettungslos in dich verliebt. Ich will mein Leben mit dir teilen. Ich möchte, dass wir so viel mehr haben als eine gemeinsame Adresse, ein gemeinsames Bett und den besten Sex, den ich je hatte. Ich wünsche mir eine Familie. Ich will Kinder und einen Ehemann, der sich zu mir bekennt, der mich liebt und nur mich. Ich möchte ein Märchen-Happy-End.*

Er konnte ihre Tränen nicht vergessen oder den flehenden Ausdruck auf ihrem hübschen Gesicht. Seine Victoria weinte oder bettelte nicht. Seine Victoria war eine fröhliche, glückliche Person, aber er hatte sie zum Weinen gebracht.

»Wo bist du hin, Mann?«, drang Kevins Stimme in seine Gedanken.

Shannon wurde klar, dass er sich aus der Unterhaltung ausgeklinkt hatte. »Sorry, was hast du gesagt?«

»Ich hab nur gemeint, wie gut es auch mir gefällt.« Während er sprach, wanderte Kevins Blick zu Chelsea. »Fühlt sich wie zu Hause an.«

Shannon atmete tief ein und langsam wieder aus. Gansett fühlte sich wie zu Hause an, oder hatte das zumindest getan, während er mit Victoria in ihrem kleinen Haus gelebt hatte. Jetzt war sein Heim bis auf Weiteres ein winziges Zimmer in einem Hotel. Verdammt, er hatte die Sache wirklich gründlich in den Sand gesetzt. Er zeigte auf sein Glas und bat Chelsea darum, nachzuschenken. War das jetzt der dritte oder der vierte? Er hatte den Überblick verloren.

Niall machte eine Pause und kam herüber, um Hallo zu sagen, schüttelte Shannon die verletzte Hand, was echt wehtat, und klopfte ihm auf den Rücken. Sie hatten sich einige Monate zuvor hier im Beachcomber kennengelernt und sich wegen ihres gemeinsamen Heimatlandes angefreundet. Nialls dunkelbraunes Haar war kurz geschnitten, und er hatte große blaue Augen, die die Frauen ganz verrückt machten.

»Kennst du Kevin McCarthy?«, fragte Shannon.

»Klar.« Niall schüttelte Kevin die Hand. »Nett, Sie wiederzusehen, Doc.«

»Danke gleichfalls«, erwiderte Kevin. »Ich liebe Ihre Musik.«

»Danke, Mann.« Zu Shannon sagte Niall: »Wo ist Vic heute Abend?«

Der Schmerz in Shannons Brust wurde jedes Mal stärker, wenn sich jemand nach ihr erkundigte. Er vermutete, daran würde er sich gewöhnen müssen. »Gönnt sich mal einen Abend Ruhe«, erwiderte er, ehe er einen langen Schluck Whiskey nahm und das Brennen in seiner Kehle genoss.

Niall blieb einige Minuten bei ihnen. »Ich hab etwas speziell für dich im nächsten Set«, sagte er zu Shannon, bevor er weiterging, um andere Freunde zu begrüßen.

»Netter Kerl«, stellte Kevin fest.

»Ja, er ist toll. Zu Hause ist er ziemlich bekannt. Er ist hergekommen, um mit Evan im Studio was aufzunehmen«, erklärte Shannon und meinte Kevins Neffen Evan McCarthy, dem Island Breeze Records gehörte. »Er hofft, auch in den USA groß rauszukommen.«

»Er hat auf jeden Fall Talent, und mit Evan an seiner Seite schafft er es sicher.«

Einige Minuten später kehrte Niall zurück zu seinem Platz auf der Terrasse. »Das hier ist für meinen Kumpel Shannon und alle meine anderen Mit-Iren.«

Als Niall die Anfangstöne von »The Rare Old Times« spielte, das die Dubliners zu Hause bekannt gemacht hatten, wurde der Schmerz in Shannons Brust so intensiv, dass er fürchtete, eine Herzattacke zu haben. Der Song war eines von Fionas Lieblingsliedern gewesen und erweckte in ihm ein Tsunami von Erinnerungen, der gepaart mit seinem Whiskeykonsum dafür sorgte, dass er fast zusammenbrach.

»Doc«, flüsterte er Kevin zu. »Ich … Ich brauche einen Freund. Bring mich hier raus, okay?«

Kevin stellte dankenswerterweise keine Fragen. Er gab Chelsea ein Zeichen, um sie wissen zu lassen, dass sie gingen.

»Meine Rechnung …«

»Ich kümmere mich drum. Keine Sorge.«

Shannon hatte nicht mehr die Kraft zu diskutieren. Er würde später mit ihm abrechnen, wenn er wieder atmen konnte.

Kevin nahm ihn am Arm und brachte ihn aus der Bar. Glücklicherweise war Niall mit seinem Publikum beschäftigt und sah nicht, dass sie verschwanden. Sie nahmen den Hinterausgang und folgten einem mit Muschelschalen bestreuten Pfad zu einer nahen Treppe. »Hoch mit dir«, sagte Kevin.

»Was ist das hier?«

»Mein Behandlungszimmer.«

Shannon stieg die Stufen hoch und trat zur Seite, um Kevin die Tür aufschließen zu lassen. Der führte Shannon in den dunklen Raum und schaltete das Licht ein.

»Setz dich.«

Shannon ließ sich auf den ersten Stuhl fallen, den er sah, und stützte den Kopf in die Hände. Wie war es so weit gekommen? Wie war plötzlich alles wieder so kaputt, genauso wie vorher?

»Hier«, sagte Kevin und reichte ihm eine Flasche Wasser.

Shannon öffnete sie und trank einen langen Schluck. Es fühlte sich in seiner ausgetrockneten Kehle kühl und beruhigend an.

Kevin nahm ihm gegenüber Platz und schien darauf zu warten, dass er etwas sagte.

Shannon wusste es zu schätzen, dass er ihn nicht drängte, sondern ihn einfach nur wissen ließ, dass er da war, falls Shannon über etwas reden wollte. Wollte er nicht. Nicht wirklich, aber der Schmerz in ihm war derart unerträglich, dass er sprechen *musste*.

»Ich hab's mit Vic total vermasselt.«

»Wie das?«

»Ich hab ihr die ganze Zeit, während wir zusammen waren, was Großes verschwiegen.«

»Was denn?«

Shannon hielt den Blick auf den Fußboden gerichtet. Bilder von Fiona, lebendig wie tot, wirbelten durch seinen Kopf wie ein Kaleidoskop von strahlenden Höhen und vernichtenden Tiefen.

»Vor neun Jahren«, begann er stockend, »ist meine Freundin Fiona in unserer Wohnung in Dublin vergewaltigt und ermordet worden. Wir waren zusammen, seit wir fünfzehn waren.«

Kevins tiefes Seufzen sagte alles. »Fang am besten von vorne an.«

* * *

Blaine ging mit Addie von einem Ende des Hauses zum anderen, tätschelte ihr den Rücken und federte leicht bei jedem Schritt, wie er es bei Tiffany gesehen hatte. Da seine Frau praktisch im Stehen eingeschlafen war, hatte er sie ins Bett geschickt und ihr versichert, dass er ein paar Stunden den Babydienst übernehmen könne.

Er war in seinem ganzen Leben noch nie so eingeschüchtert gewesen wie von diesem drei Kilo schweren Mädchen, das sein Herz so fest in seinen kleinen Händen hielt. Sie sah ihn mit ihren großen Augen an, die noch nicht viel erkennen konnten, wenigstens hatte Tiffany ihm das erzählt. Aber seine Tochter schien ihn mit einer Weisheit zu studieren, die nicht so recht zu ihrem erst einen Tag auf der Welt passen wollte.

»Ich wette, du wirst ein Genie. Eines dieser außergewöhnlichen Kinder, die Schulklassen überspringen und ganz jung den Collegeabschluss machen.«

Er lachte über seine eigene Albernheit und musterte sie weiter, restlos fasziniert von jeder Bewegung ihrer Lippen, jedem Ausdruck auf ihrem Gesicht. Zur Hölle, alles an ihr faszinierte ihn. Dass er und Tiffany dieses neue Leben erschaffen hatten, gehörte zu den überwältigendsten Erfahrungen in seinem ganzen bisherigen Leben.

Er setzte sich aufs Sofa, legte die Füße auf den Couchtisch und das Baby auf seine Beine und war begeistert, als sie mit ihren Händen seinen Zeigefinger drückte.

»Als ich deine Mom das erste Mal getroffen habe, wusste ich, dass sie mein Leben verändern würde. Sie war die hübscheste Frau, die ich je gesehen hatte, bis ich deine Schwester Ashleigh kennengelernt habe und herausfand, dass es zwei hübsche Mädchen gab, an die ich mein Herz verlieren konnte. Und jetzt seid ihr zu dritt. Damit bin ich der glücklichste Kerl, der je gelebt hast. Weißt du das?«

Ihre Lippen wölbten sich niedlich, und dann produzierte sie kleine Spuckeblasen, über die er lachen musste. »Du wirst es deinem lieben alten Dad nicht so schwer machen, oder? Du solltest von Anfang an wissen, dass ich das mit Jungs und dem ganzen Quatsch nicht besonders gut aufnehmen werde. Ich weiß, was sie wollen, und sie bekommen es nicht von meinen Mädchen. Ich werde jeden von ihnen ins Gefängnis stecken, wenn sie dich oder deine Schwester auch nur ansehen.«

Sie gurgelte etwas, vielleicht um gegen seine Meinung von Jungs zu protestieren.

»Möglicherweise ist es etwas verfrüht, darüber jetzt schon zu reden, aber es ist vermutlich am besten, wenn du meine Ansichten zu diesem Punkt von vornherein kennst.«

Als es leise an der Hintertür klopfte, hob er das Baby hoch und stand auf, um seinen Schwager Mac McCarthy einzulassen.

»Hast du meine Nachricht bekommen?«, erkundigte sich Mac.

»Nein. Ich war den ganzen Tag nicht mal in der Nähe des Telefons.«

»Ashleigh hat vorhin ihre Kuscheldecke vergessen, und darum findet gerade ein kleiner Nervenzusammenbruch statt. Ich hab ihr versprochen, dass ich rüberkomme und sie hole.«

»O verdammt, danke. Ohne die Decke kann sie nicht einschlafen. Ich bring sie dir rasch.«

Blaine ging nach oben in Ashleighs Zimmer und schnappte sich die geliebte Decke. Sie hatten eine zweite kaufen müssen, als Ersatz, wenn die erste in der Wäsche war. »Wirst du auch eine Kuscheldecke brauchen?«, fragte er Addie, die ihn weiter mit großen Augen ansah. Er war davon überzeugt, dass sie ihn sehr wohl erkennen konnte und genau wusste, wer er war. All die Zeit, die er mit ihr geredet hatte, während sie noch in Tiffs Bauch gewesen war, zahlte sich jetzt aus. Sie kannte die Stimme ihres Daddys.

Blaine ging mit der Decke nach unten und reichte sie Mac. »Danke, dass du dafür extra hergekommen bist.«

»Kein Dank nötig. Wir freuen uns alle darauf, heute Nacht tatsächlich ein bisschen zu schlafen.«

Da er genau wusste, wie Ashleigh mit dieser Decke war, lachte Blaine. »Wenigstens wird irgendjemand heute schlafen. Die kleine Miss Addie hier ist ziemlich wach.«

»Wie macht sie sich denn?«, fragte Mac und schaute sie an.

»Großartig. Wir führen gerade ein kleines Gespräch über Jungs und wie ich sie alle kurzerhand einbuchte, wenn sie sich nicht benehmen.«

Mac lachte so laut, dass er das Baby erschreckte. »Sorry.«

»Wird es immer so sein?«, wollte Blaine von seinem langjährigen Freund, der jetzt auch sein Schwager war, wissen.

»Was meinst du?«

»So intensiv, dass es sich anfühlt, als würden deine Nervenenden in Flammen stehen oder so was.« Er konnte das Gefühl nicht beschreiben, das ganz neu für ihn war.

»Ach nein. Du gewöhnst dich nach einiger Zeit daran, und dann wird alles wieder normal.«

»Das ist gut, weil ich nicht weiß, ob ich so viel Gefühl jeden einzelnen Tag überleben würde.«

»Als Maddie Thomas bekommen hat, hat eine der Frauen, mit denen sie im Hotel zusammengearbeitet hat, ihr ein Kissen geschenkt, auf das der Spruch gestickt war, dass Muttersein ist, als würde dein Herz außerhalb des Körpers herumlaufen. Falls du es richtig machst – und das wirst du ja auf jeden Fall –, dann ist Vatersein genauso. Es geht nicht mehr nur um dich. Es geht um etwas so viel Größeres, als du je sein wirst.«

»Ja«, erwiderte Blaine und schaute in das kleine Gesicht, das im Laufe eines unvergesslichen Tags zum Zentrum seines Universums geworden war. »Das stimmt wohl.«

»Du schaffst das.« Mac drückte ihm die Schulter. »Und jetzt muss ich los, um das andere kleine Mädchen zu beruhigen.«

»Du bist der beste Onkel überhaupt. Danke, dass ihr Ash bei euch aufgenommen habt.«

»Wir haben sie unheimlich gern bei uns. Dann sind Thomas und Hailey beschäftigt.«

»Wir sprechen uns morgen früh.«

»Versuch am besten zu schlafen, wenn sie das auch tut«, riet ihm Mac noch. »Das wird in den nächsten paar Monaten wirklich wichtig sein.«

»Mach ich.« Blaine brachte ihn zur Tür und sperrte hinter ihm zu. »Was sollen wir jetzt anstellen?«, fragte er Addie. »Möchtest du ein bisschen Sport schauen? Oder vielleicht gibt's eine Polizeiserie, und du kannst zusehen, wie Daddy die bösen Jungs schnappt. Glücklicherweise gibt es davon nicht so viele auf Gansett Island. Hier geht es mehr um die Idioten, die nicht wissen, wann sie mit dem Trinken aufhören müssen.«

»Was erzählst du ihr jetzt schon wieder?«, fragte Tiffany, die in einem seidenen Nachthemd die Treppe herunterkam, das ihre unglaublichen Schwangerschaftskurven kaum verhüllte. Sie hatte ihm gesagt, dass sie die momentan übergroßen Brüste nicht behalten durften, also würde er sich an ihnen erfreuen, so lange er das konnte.

»Das geht nur meine Tochter und mich etwas an. Mamis sind nicht erlaubt. Und warum schläfst du nicht?«

Tiffany setzte sich vorsichtig neben ihn aufs Sofa und verzog vor Schmerz das Gesicht. »Habe ich Mac hier unten gehört?«

»Ja, genau. Er ist gekommen, um Ashleighs Kuscheldecke zu holen, die sie vergessen hatte.«

»Ach du meine Güte. Wie konnte das denn passieren?«

»Wir hatten vermutlich ein paar andere Dinge im Kopf.«

»Wie geht es ihr?«, erkundigte sich Tiffany und beugte sich vor, um das Baby genauer zu betrachten.

»Großartig. Ich vermute, dass sie möglicherweise ein Genie ist.«

»Und woran hast du das gemerkt?«, wollte Tiffany trocken wissen.

»Sie gurgelt an genau den richtigen Stellen, als wolle sie mit mir reden.«

»Ich hasse es, dir das zu sagen, aber das bedeutet vermutlich nur, dass sie Blähungen hat.«

»Hör nicht auf Mami. Du hast keine Blähungen. Daddy weiß das besser, und er sagt, du bist ein Genie.« Er konnte nicht aufhören, das Baby anzustarren. »Schau sie dir an. Ist dir je etwas untergekommen, das so perfekt ist wie sie?«

»Ihre Schwester im selben Alter. Sie sieht genauso aus wie Ashleigh damals.«

»Ich weiß. Ich kenne die Fotos. Ich habe zwei Töchter, die genau so wie ihre wundervolle Mutter aussehen. Was habe ich getan, um das zu verdienen?«

Tiffany lachte. »Du hast dich in die falsche Frau verliebt.«

»Nein, Baby«, widersprach er und stahl ihr einen Kuss. »Ich habe mich in die beste Frau auf der ganzen weiten Welt verliebt, und sie hat mich so viel glücklicher gemacht, als ich je für möglich gehalten hätte.«

Tiffany legte den Kopf an seine Schulter. »Und du hast sie ganz genauso glücklich gemacht.«

Kapitel 9

George Alexander Martinez II verfügte über beeindruckende Lungen, und er wusste sie auch in vollem Umfang zu benutzen, während sein Vater versuchte, ihn zu beruhigen. Aber nichts, was Alex tat, konnte den kleinen Kerl zufriedenstellen.

»Komm schon, Kumpel. Sag mir, was du willst. Mami hat dich gestillt, deine Windel ist trocken, und du hast ein schönes Nickerchen gemacht. Was ist das Problem?«

Leider hatte der kleine George keine Antwort auf diese Frage. Zum hundertsten Mal, seit George auf die Welt gekommen war, beklagte Alex, dass Babys nicht mit einem Handbuch ausgeliefert wurden, das völlig überforderten Vätern verriet, was sie tun sollten, wenn ihre Frauen nicht zur Verfügung standen, weil die endlich etwas dringend benötigten Schlaf nachholten, und sich nun der frischgebackene Dad um die kleinen Racker kümmern musste.

»Lass uns rausgehen«, schlug er vor. Er hatte keine Ahnung, ob das eine gute Idee war, doch nichts, was er bisher probiert hatte, hatte das Baby besänftigt. Er hatte die Klimaanlage runtergeregelt, aber es war immer noch ziemlich kühl im Haus – vielleicht *zu* kühl. Alex trat aus der Vordertür in den warmen Sommerabend, der sehr schwül war. Selbst über das Schreien des Babys hinweg konnte Alex die Grillen und Zikaden hören, genauso wie das Quaken der Frösche, die Geräusche des Sommers auf Gansett Island. Über ihm spannte sich der Sternenhimmel, und Alex erinnerte sich an die Hitzewelle, die die Insel zu der Zeit heimgesucht hatte, als er Jenny am Leuchtturm kennengelernt hatte.

»Hast du gewusst, dass deine Mama mit Tomaten nach mir geworfen hat, als wir uns zum ersten Mal gesehen haben? Hat mich voll am Rücken getroffen. Sie kann ziemlich gut zielen, deine Mom. Leg dich besser nicht mit ihr an. Das ist zumindest mein Rat.«

Wie durch ein Wunder hörte das Baby auf zu schreien. Es blinzelte hektisch, als wenn es versuchte, seine neue Umgebung einzuordnen.

Alex ging die lange ungepflasterte Auffahrt entlang, die von seinem Haus zu dem führte, in dem er aufgewachsen war, wo jetzt sein Bruder Paul mit seiner Ehefrau Hope und deren Sohn Ethan lebten. Beide Häuser befanden sich auf dem Gelände von Martinez Grün & Garten, dem Geschäft, das George Martinez senior vor mehr als vierzig Jahren gegründet hatte.

Seit der Ankunft des Babys fehlten Alex seine Eltern noch mehr als an dem Tag, an dem er Jenny geheiratet hatte. Sein Vater war vor zehn Jahren an Krebs gestorben, und seine Mutter, die an Demenz litt, war dauerhaft in einer Spezialeinrichtung auf dem Festland untergebracht. Er und Paul hofften, dass sie sie zurück auf die Insel holen konnten, wenn das neue Pflegeheim, das ihre Freunde Jared und Lizzie James gerade aufbauten, im Herbst den Betrieb aufnahm. Alex wünschte, er könnte seinen neugeborenen Sohn seinen Eltern vorstellen, sodass sie Teil seines Lebens sein könnten. Es machte ihn unverhältnismäßig traurig, zu wissen, dass das nicht geschehen würde.

Er hatte gar nicht vorgehabt, zu Paul rüberzugehen, aber das war, wo er landete. Er hoffte, dass er die Frischvermählten nicht störte, und klopfte an die Vordertür. Ja, es war merkwürdig, an die Tür des Hauses zu klopfen, in dem er die meiste Zeit seines Lebens gewohnt hatte, doch es gehörte ihm nicht mehr, und er versuchte, die Privatsphäre seines Bruders zu respektieren.

Paul kam nur mit Shorts bekleidet an die Tür. Sein Haar stand in alle Richtungen ab, und er musste sich dringend rasieren. Aber was noch auffälliger war als alles andere, war das riesige Lächeln, das Pauls Gesicht nicht mehr zu verlassen schien, jetzt da Hope und Ethan offiziell Teil seiner Familie waren. »Hi, was ist los?«

»Dein neuer Neffe wollte dir einen Besuch abstatten.«

»Dann immer hereinspaziert«, erwiderte Paul und hielt Alex die Tür auf.

»Ich hoffe, wir stören nicht.«

»Überhaupt nicht. Hope liest Ethan etwas vor, und ich hab ein Red-Sox-Spiel laufen.«

Sie war noch keine zwei Minuten im Haus, als George wieder anfing zu weinen.

»Es gefällt ihm draußen besser«, stellte Alex fest. »Lass uns auf die Veranda gehen.«

Während die Brüder es sich auf den Schaukelstühlen draußen bequem machten, wurde Alex an die Nacht erinnert, in der seine Mutter die schrecklichen Dinge zu Jenny gesagt hatte und die dann hergekommen war, um ihm zu versichern, dass nichts, was seine kranke Mutter zu ihr sagte, etwas daran ändern würde, was sie für ihn empfand. Er hatte zwei Wochen gebraucht, um das zu begreifen. Glücklicherweise hatte Jenny in dieser Zeit nicht aufgehört, ihn zu lieben. Genau hier hatten sie auch Hope als Pflegerin für ihre Mutter eingestellt, und jetzt war sie mit Paul verheiratet.

»Was geht dir da drüben im Kopf rum?«, erkundigte sich Paul.

»All die Dinge, die sich auf dieser Veranda ereignet haben.«

»Ein paar ganz schön monumentale Dinge. Ich stelle mir immer Mom hier draußen vor.«

»Hier ist sie glücklich gewesen.«

»Erinnerst du dich noch, wie wir sie immer geneckt haben, dass sie so gern hier draußen war, weil sie auf diese Weise ihr ganzes Königreich im Blick hatte?«

»Ja«, erwiderte Paul mit einem kleinen Lachen. »Und das stimmte auch.«

»Ich vermisse die beiden so sehr«, gab Alex zu.

Paul nickte verständnisvoll. »Wegen Baby Georges Geburt. Ich habe mich genauso gefühlt, als Hope und ich geheiratet haben. Wir sind ja eigentlich ziemlich jung, um unsere Eltern verloren zu haben.«

»Wenigstens haben wir einander.«

»Immer. Und jetzt haben wir Jenny, Hope, Ethan und George. Wahrscheinlich werden noch mehr kommen.«

»Willst du mir irgendetwas mitteilen, Bruder?«, fragte Alex.

»Es gibt nichts zu berichten. Aber wir geben uns jede Mühe.«

Alex lachte auf. »Erspar mir die Details.«

»Ich habe ein Leben voller Details bei dir gut, nachdem ich euch beiden monatelang zuhören musste.«

»Touché.« Er und Jenny hatten bei Paul gelebt, während ihr Haus gebaut wurde.

»Mom und Dad würden sich so über den Namen des Babys freuen. Es ist wirklich ein schönes Andenken an Dad.«

»Es war der einzige Jungenname, den wir überhaupt in Erwägung gezogen haben. Es hilft, dass das britische Königshaus George wieder in Mode gebracht hat.«

Paul lachte leise. »Stimmt.«

Ethan kam durch die Fliegengittertür gestürmt, seine Mutter direkt hinter ihm.

»Mach dem Baby keine Angst«, ermahnte sie ihn.

»Ich mach ihm keine Angst«, erwiderte Ethan verächtlich. Er war gerade neun geworden und hatte aufgeregt auf die Ankunft seines neuen Cousins gewartet. »Kann ich ihn mal halten?«

»Natürlich.« Alex stand auf, um Ethan seinen Platz zu überlassen, und legte ihm dann vorsichtig das Baby in die Arme.

»Stütz seinen Kopf, sein Hals ist noch nicht stark genug«, wies Hope ihren Sohn an, während sie ein paar Fotos mit ihrem Handy schoss. »Sag Jenny, dass ich ihr die Bilder nachher schicke.«

»Mach ich.«

»Er ist so winzig«, sagte Ethan, der sich ehrlich erstaunt anhörte.

»Das würdest du nicht denken, wenn du ihn schreien hören könntest«, stellte Alex fest.

»Wie geht es Jenny?«, wollte Hope wissen.

»Wund und müde.«

»Das wird in ein paar Tagen besser sein.«

Alex' Handy vibrierte, als eine Textnachricht eintraf. Er zog das Telefon aus der Tasche, um die Nachricht von seiner Ehefrau zu lesen.

Wo bist du mit meinem Sohn hin?

Rüber zu Paul. Bin bald zurück.

Meine Brüste prickeln.

Warum hat er den ganzen Spaß?

Sechs Wochen, Mister.

Alex stöhnte. »Müssen wir wirklich sechs Wochen warten, bis wir zurück in den Sattel steigen können?«

»Du hast Glück, wenn es so schnell geht«, erwiderte Hope.

»Sie ist gemein, Paul. Unternimm etwas.«

Paul schnaubte vor Lachen. »Du wirst es überstehen.«

»Da bin ich mir nicht so sicher. Ich muss ihn jetzt nach Hause zu seiner Mom bringen, Ethan.«

»Kann ich ihn morgen wieder auf den Arm nehmen?«

»Klar kannst du das.«

»Lass es uns wissen, falls ihr irgendwas braucht«, sagte Paul.

»Auf jeden Fall. Wir sprechen uns morgen.« Mit dem Baby an der Schulter ging Alex über den ungepflasterten Weg, der die beiden Häuser verband. Nächste Woche hatte er noch frei, aber danach musste er wieder zurück an die Arbeit, denn dies war eine der hektischsten Zeiten im Jahr für ihren Gärtnereibetrieb. Wenn Jenny so weit war, dass sie wieder in den Arbeitsalltag zurückkonnte, hatte sie vor, das Baby mitzunehmen, wenn sie sich um den Laden kümmerte. Irgendwie würden sie das alles hinkriegen.

Als er an dem zweistöckigen Haus ankam, das er fast ganz allein gebaut hatte, ging er direkt nach oben in das große Schlafzimmer, wo Jenny gegen einen Haufen Kissen gelehnt im Bett saß. Als sie die Hände nach ihrem Baby ausstreckte, sah sie gleichzeitig erschöpft und überglücklich aus.

»Hallo«, begrüßte sie George. »Hat Daddy einen Ausflug mit dir gemacht?«

»Ethan hat ihn zum ersten Mal auf den Arm genommen.«

»Das war bestimmt sehr süß.«

»Auf jeden Fall. Hope lässt ausrichten, dass sie dir die Fotos schickt. Ethan ist begeistert, einen weiteren Jungen in der Familie zu haben.«

»Hope und ich sind jetzt eindeutig in der Unterzahl. Wir brauchen ein paar mehr Mädchen hier.« Sie übersäte das Gesicht des Babys mit Küssen. »Wie war er so?«

»Unruhig. Hat viel geweint, aber lustigerweise hört er damit auf, sobald wir rausgehen.«

»Er ist eben ein echter Martinez. Natürlich ist er lieber draußen. Zukünftiger Landschaftsgärtner.«

»Ha!«, sagte Alex und lachte. »Daran hatte ich gar nicht gedacht, aber du hast recht. Als wir noch kleiner waren, sind Paul und ich im Sommer ständig draußen gewesen, selbst lange nachdem es schon dunkel geworden war. Mom musste uns immer rufen, damit wir reinkamen.«

Jenny griff nach seiner Hand. »Ich weiß, dass du sie gerade jetzt sehr vermissen musst.«

»Ja, das stimmt«, erwiderte er. Es machte ihn glücklich, dass sie ihn so gut kannte. »Das Baby hat ziemlich viele Dinge in Bewegung gebracht.«

»Wir fahren so bald wie möglich mit ihm zu deiner Mom.«

Auch wenn seine Mutter von ihnen und dem Baby verwirrt sein würde, wusste er es zu schätzen, dass Jenny wegen ihm die Anstrengung auf sich nehmen wollte. »Das wäre nett. Danke. Wann kommt deine Familie?«

»Dieses Wochenende. Mein Dad kann eine Woche hier sein, aber meine Mutter bleibt so lange, wie wir ihre Hilfe benötigen.«

»Also die nächsten achtzehn Jahre?«

Jenny lachte, während sie die Brust für das Baby freimachte. »O nein. Wir kriegen das hin.«

»Bist du sicher? Er ist fürchterlich klein. Was, wenn wir irgendwas falsch machen?«

»Wir werden nichts falsch machen.«

»Versprichst du mir das?«

»Tu ich, und du weißt, dass ich ein Versprechen niemals breche.«

Alex sah fasziniert zu, wie das Baby andockte. »Ich könnte das den ganzen Tag beobachten und nie genug davon bekommen.«

Sie verzog das Gesicht und sagte: »Ich bin froh, dass du es unterhaltsam findest.«

»Tut es weh?«

»Ein bisschen, aber Vic hat mir erklärt, dass das in den ersten ein, zwei Wochen zu erwarten ist, genau wie deine Hände jeden Frühling wehtun, bis du wieder Hornhaut hast.«

»Ich weiß nicht, wie ich über Hornhaut auf deinen Brustwarzen denken soll.«

Jenny musste heftig lachen. »Hör auf! Du weißt, was ich meine.«

Alex legte sich neben sie, schlang den Arm um sie und das Baby. »Danke, dass du mir einen Sohn geschenkt hast.«

»Danke, dass *du mir* einen Sohn geschenkt hast.«

»Ich liebe euch beide so sehr.«

»Wir lieben dich auch. Mit Tomaten nach dir zu werfen war das Beste, was ich je getan habe.«

Er grinste sie an und zwang sich, sich zu entspannen und diesen Moment mit seinen beiden Lieblingsmenschen zu genießen.

* * *

Nachdem er sich bei Kevin alles von der Seele geredet hatte, hätte Shannon nicht gedacht, schlafen zu können, aber offensichtlich kostete es Kraft, eine Last loszuwerden. Er wachte auf, als er Kevins Schlüssel in der Tür zu der Praxis hörte, wo Shannon die Nacht auf dem Sofa verbracht hatte.

Kevin kam mit einem Tablett herein, auf dem zwei Becher mit Kaffee standen. »Morgen.«

»Hey.« Shannon räusperte sich und setzte sich auf, strich sich mit den Fingern durchs Haar. Im hellen Tageslicht litt er plötzlich unter einem Anfall von Verlegenheit wegen des emotionalen Zusammenbruchs, den sein Freund miterlebt und durch den er ihm geholfen hatte. Er hatte Kevin sogar die Wahrheit darüber gesagt, wie er sich die Hand verletzt hatte.

Kevin reicht ihm einen der Kaffees. »Wie geht es dir?«

»Nicht schlecht, wenn man bedenkt, wie viel Jameson ich letzte Nacht getrunken habe und was sonst noch so passiert ist. Danke für den Kaffee – und alles andere.«

»Kein Problem.«

»Doch, natürlich«, erwiderte Shannon mit einem kleinen Grinsen. »Ich hab dich bis drei Uhr morgens hier festgehalten.«

»Ich freue mich einfach, wenn ich helfen konnte.«

»Du hast geholfen. Mehr als du ahnst.«

»Was ist also der Plan für heute?«

»Ich werde duschen, mich fertig machen und Victoria suchen. Als Mindestes schulde ich ihr eine Erklärung dafür, wie ich mich gestern verhalten habe und warum ich mich nicht voll auf sie einlassen konnte.«

»Was möchtest du damit erreichen? Hast du entschieden, ob du wieder mit ihr zusammen sein willst?«

Shannon nahm einen Schluck von seinem Kaffee und ließ sich einen Moment Zeit mit der Antwort. »Du hast mir geholfen zu verstehen, dass ich sie liebe, selbst wenn ich anfangs, als wir zusammengekommen sind, nicht vorhatte, dass das passiert.«

»Die Liebe passiert immer, wenn man es am allerwenigsten erwartet. Das kann ich auf jeden Fall bestätigen.« Kevin lehnte sich vor, die Ellbogen auf den Knien. »Du musst dir erlauben, wieder glücklich zu sein, Shannon. Was mit Fiona geschehen ist, war nicht deine Schuld. Du hättest nichts tun können, um es zu verhindern. Ihr Tod war eine sinnlose, fürchterliche Tragödie.«

»Ich weiß, und du hast recht. Ich muss aufhören, mir die Schuld zu geben. Selbst wenn ich an dem Abend die gewohnte Pause eingelegt hätte, wäre ich zu spät gewesen, um es zu verhindern.«

»Genau, oder am Ende wärst du auch gestorben.«

Shannon stand auf und faltete die Decke zusammen, die Kevin ihm überlassen hatte, legte sie auf das Sofa. Er nahm den Kaffee vom Tisch und streckte Kevin die Rechte hin. »Vielen Dank. Ich werde niemals die richtigen Worte finden, um dir angemessen zu danken.«

Kevin schüttelte vorsichtig Shannons verletzte Hand. »Ich bin einfach froh, dass ich zur rechten Zeit am rechten Ort war. Ich hoffe auf gute Neuigkeiten wegen dir und Victoria.«

»Ich auch. Ich ruf dich an, um mir einen Termin für meine erste Therapiestunde zu holen.« Kevin hatte den Vorschlag in den frühen Morgenstunden gemacht, und Shannon hatte zugestimmt, dort anzusetzen, wo sie aufgehört hatten.

»Ich bin hier, wann immer du bereit bist.«

»Danke noch mal.« Als er die Treppe von Kevins Praxis runter und zum Beachcomber hinüberging, um zu duschen und sich umzuziehen, schmerzte Shannons Magen von mehr als dem Whiskey, den er letzte Nacht getrunken hatte. Er hatte Angst, dass er die Sache mit Vic gestern dermaßen vermasselt hatte, dass sie nicht bereit wäre, heute mit ihm zu reden.

Er hatte ihr so viel zu sagen, und er konnte nur hoffen, dass sie willens war, zuzuhören.

Shannon beeilte sich mit dem Duschen und der Rasur, und bevor er den Raum verließ, nahm er den Umschlag mit Fionas Bildern an sich. Er machte sich auf den Weg zur Krankenstation, hoffte, Victoria zwischen zwei Patienten zu erwischen, um sie zu fragen, ob sie jetzt oder später ein paar Minuten Zeit für ihn haben würde. Er hatte überlegt, ob er ihr eine Textnachricht schicken sollte, dann aber beschlossen, dass diese Situation ein persönliches Auftauchen erforderte. Außerdem konnte er nicht zur Arbeit, also hatte er die Zeit, sich ganz der Aufgabe zu widmen, sie zurückzugewinnen.

Kurz nach neun trat er durch den Haupteingang der Krankenstation und traf auf David Lawrence, der an der Rezeption stand und mit Anna sprach. Er wirkte überrascht, als er Shannon sah.

»David«, begann Shannon stockend. »Ich habe mich gefragt, ob ich mal mit Victoria reden könnte.«

»Sie ist heute nicht hier.«

Shannons Magen verkrampfte sich bei diesen Neuigkeiten. »Oh. Ich denke, dann versuche ich es bei ihr zu Hause.«

»Da ist sie auch nicht.«

»Entschuldigt mich bitte.« Anna stand auf und ging durch die Doppeltür in den Behandlungsbereich.

Shannon atmete einmal tief durch und zwang sich, dem anderen Mann in die Augen zu sehen, sich sehr bewusst, dass er einer von Victorias engsten Freunden war. »Weißt du, wo sie ist?«

»Ja, allerdings.«

Shannon begriff, dass er an David vorbeimusste, um zu ihr zu gelangen. »Wirst du mir verraten, wo sie ist?«

»Das hängt davon ab, warum du es wissen willst.«

»Ich will die Sache mit ihr wieder ins Lot bringen.«

»Sie ist sehr aufgewühlt.«

»Ich weiß. Ich … Es tut mir leid, dass ich dafür verantwortlich bin. Alles, was ich will, ist eine Chance, ihr alles zu erklären.«

»Und dann?«

»Dann ist es ihre Entscheidung, denke ich.« Er erwiderte Davids stahlharten Blick, ohne zu blinzeln. »Ich liebe sie. Ich möchte die Chance, ihr das zu sagen.«

David atmete tief aus. »Wenn ich dir die Information gebe, die du haben willst, musst du mir versprechen, dass du ihr nicht wieder wehtun wirst.«

»Es war nie meine Absicht, ihr wehzutun. Ich … Es gibt Dinge in meiner Vergangenheit, mit denen ich mich nie angemessen auseinandergesetzt habe. Jetzt habe ich Schritte unternommen, das zu ändern, und … ich … ich möchte nur die Chance, mit ihr zu reden. Das ist alles.«

Nach einem langen, spannungsgeladenen Moment erklärte David: »Sie ist bei uns. Ich werde sie warnen, dass du unterwegs bist. Dann kann sie entscheiden, ob sie da ist, wenn du ankommst.«

»In Ordnung. Danke, dass du ihr so ein guter Freund bist.«

»Sie ist umgekehrt genauso mein guter Freund. Ich dachte, du wärst das auch.«

»Das war ich. Das *bin* ich.«

»Dann sorg dafür, dass ich es nicht bereue, wenn ich dir jetzt helfe.«

»Werd ich nicht. Ich möchte versuchen, sie glücklich zu machen. Wenn sie mich lässt.«

»Ich würde sagen, das ist ein ziemlich großes Wenn.«

Shannon vermutete das ebenfalls, aber zu hören, dass David genauso dachte, fand er nicht beruhigend. »Vielen Dank nochmals für deine Hilfe.«

Er drehte sich um, um von hier zu verschwinden, bevor ihn der Mut im Stich ließ, den er mit Kevin während der Nacht aufgebaut hatte. Kevin hatte ihm geholfen zu verstehen, dass er sich seinen Dämonen stellen musste, wenn er eine Chance haben wollte, seine Beziehung mit Victoria zu kitten und ein glückliches Leben zu führen. Nichts würde jemals Fiona zurückbringen, doch sein eigenes Leben zu ruinieren würde die Tragödie nur schlimmer machen.

Bei dem Gedanken, Victoria für immer zu verlieren, verspürte er Panik. Er hatte Fiona ohne eigene Schuld verloren, und irgendwie war es ihm gelungen, diesen Verlust zu überleben. Gerade so, aber er hatte es geschafft. Wenn er Victoria verlor, war es komplett seine Schuld. Er war sich nicht sicher, ob er diese Art von Verlust ein zweites Mal überstehen würde.

Er setzte sich auf sein Motorrad, startete es und machte sich auf den Weg zu Davids Apartment auf dem James-Anwesen, entschlossen zu tun, was immer er konnte, um den Schaden zu beheben, den er seiner Beziehung mit Victoria zugefügt hatte.

KAPITEL 10

Als Victoria aufwachte, war es völlig still, und sie hatte einen steifen Nacken, weil sie auf einem fremden Kissen geschlafen hatte. Da es so ruhig um sie herum war, waren David und Daisy vermutlich längst bei der Arbeit.

Arbeit. Sie musste arbeiten gehen. Wie spät war es eigentlich überhaupt?

Sie blickte auf ihr Handy und schnappte nach Luft, als sie sah, dass es bereits nach neun war. Dann bemerkte sie den Zettel, den David für sie auf dem Tisch liegen gelassen hatte.

> *Nimm dir den Tag frei, wir kümmern uns um deine Termine. Bleib so lange hier, wie du magst. Ich hab einen Schlüssel auf den Tresen gelegt, falls du mal kurz irgendwohin gehen möchtest. Ruf mich später an. David.*

Sie sank wieder zurück auf die Couch, dankbar, dass sie einen Tag hatte, um sich zu fassen. Patienten gegenüberzutreten, die sie nur fröhlich und immer gut gelaunt kannten, wäre eine Herausforderung geworden. Nach einer Minute stemmte sie sich vom Sofa hoch, ging ins Badezimmer und putzte sich die Zähne.

Kaffee. Sie brauchte Kaffee. David hatte ihr gesagt, sie sollte sich wie zu Hause fühlen, daher tat sie genau das, brühte sich welchen mit der Keurig in der Küche. Sie nahm ihn mit nach draußen auf die kleine Terrasse, um den Sonnenschein zu genießen.

Ihr Telefon vibrierte mit einer SMS von David.

Shannon war gerade hier. Nachdem ich ihn ein bisschen auf die Folter gespannt hatte, habe ich ihm verraten, wo du bist, und er ist unterwegs zu dir. Jetzt liegt es an dir, ob du noch da sein willst, wenn er eintrifft, aber er schien anders und hat behauptet, er wolle eine Chance, alles wieder in Ordnung zu bringen. Ruf mich an, falls du mich brauchst.

Victorias Herz begann heftiger zu klopfen – und das lag nicht an dem Koffein, das plötzlich in ihre Blutbahn gelangte. Shannon war auf dem Weg hierher. Er wollte mit ihr reden. Er wirkte anders.

Hoffnung regte sich in ihr. War es möglich, dass das zwischen ihnen doch noch nicht endgültig vorbei war? Würde er ihr sagen, was sie hören musste? War er bereit, sich zu binden? Oder wollte er sich nur von ihr verabschieden?

Ihr Telefon vibrierte mit einer weiteren SMS von David.

Victoria? Hast du meine Nachricht gelesen? Ich will mich nur vergewissern.

Hab ich, schrieb sie zurück. Danke.

Ich hoffe, ich hab das Richtige getan, indem ich ihm verraten habe, wo er dich finden kann.

Hast du.

Halt mich auf dem Laufenden.

Ja klar.

Gib dich nicht mit weniger zufrieden, als du verdienst.

Werd ich nicht. Das war es schließlich, was die ganze Sache losgetreten hat. Jetzt ist es zu spät, um einen Rückzieher zu machen.

Seine Antwort bestand aus einem Daumen-hoch-Zeichen.

Als sie einen weiteren Schluck von ihrem Kaffee trank, bemerkte sie, dass ihre Hände ganz leicht zitterten. Ihr gesamter Körper vibrierte förmlich vor Aufregung, weil sie wusste, dass sie ihn gleich sehen würde, und Angst vor dem, was er ihr vielleicht sagen würde. Sie wollte mehr über seine Vergangenheit erfahren, aber war sie überhaupt wirklich bereit, den Schrecken in seinem ganzen Ausmaß kennenzulernen?

Vermutlich nicht, doch wenn das der Weg in die Zukunft war, die sie sich so sehr mit ihm wünschte, dann würde sie tun, was auch immer notwendig war, selbst wenn das hieß, seinen Schmerz mit ihm zu durchleben.

Eine Viertelstunde später hörte sie das Motorrad in der Ferne und wappnete sich für seine Ankunft.

Weil er keinen Helm trug, konnte sie seine Erleichterung sehen, als er ihr Auto in der Einfahrt entdeckte. Er parkte dahinter und stellte den Motor ab, blickte mit sehnsüchtiger Miene zu ihr hoch.

Ihr Herz klopfte so heftig und so schnell, dass sie sich Sorgen machte, sie würde hyperventilieren, dabei war er noch gar nicht vom Motorrad gestiegen.

Dann kam er über die Einfahrt zur Treppe, stieg sie langsam hoch, beinahe als sei er sich nicht sicher, ob er willkommen wäre. Sie bemerkte einen Umschlag unter seinem Arm.

»Hi«, sagte er.

»Hi.«

»Darf ich?«, fragte er und deutete auf den anderen Stuhl auf der kleinen Terrasse.

Victoria nickte.

»Danke, dass du dich mit mir triffst.« Er beugte sich vor, stützte die Ellbogen auf seine Knie und fuhr sich mit den Fingern durchs Haar, ein Zeichen, dass er nervös war wegen dem, was ihn hergeführt hatte – was auch immer es war. »Was gestern geschehen ist, tut mir wirklich furchtbar leid.«

»Wie geht es deiner Hand?«, wollte sie wissen.

Er schien überrascht, dass sie danach fragte, bewegte aber prüfend die Finger und erklärte: »Sie bringt mich um, doch ich vermute, dass ich das verdient hab.«

Da war sie ganz seiner Meinung, also ging sie nicht weiter darauf ein. »Es tut mir leid, dass ich dich verärgert und eine alte Wunde aufgerissen habe, indem ich mit Seamus gesprochen habe. Das war nicht meine Absicht.«

»Das weiß ich, und du hast auch nichts Falsches getan. Er ist über das letzte Jahr hinweg dein Freund geworden, und an wen sonst hättest du dich wenden können, um etwas über mich zu erfahren, wenn ich es dir nicht selbst sage?«

»Ich hätte es viel lieber von dir erfahren.«

»Ich weiß.« Nach einer Pause fügte er hinzu: »Was genau hat Seamus dir eigentlich über Fiona erzählt?«

Weil sie begriff, dass es ihm schwerfiel, allein schon ihren Namen auszusprechen – wobei, dass er es trotzdem tat, auf jeden Fall ein gutes Zeichen war –, antwortete Victoria: »Nur, dass ihr schon jahrelang zusammen wart, als sie ermordet wurde.«

Shannon nickte und begann nach einem tiefen Seufzer zu reden. Wie immer war Victoria restlos fasziniert von seinem Akzent, aber ebenso von dem, was er ihr da endlich sagte. »Wir haben uns in der Schule kennengelernt, als wir fünfzehn waren. Ihre Familie war in dem Sommer nach Wicklow gezogen, und sie kam zu uns in die Klasse. Ich war sofort restlos hin und weg von ihr. Wir wurden beste Freunde, und dann später, als wir älter waren, viel mehr. Im Nachhinein betrachtet denke ich, ich hab mich auf den ersten Blick in sie verliebt.«

»Wie sah sie denn aus?«

Shannon reichte ihr den Umschlag, den er mitgebracht hatte.

Victorias Hände zitterten, als sie ihn aufmachte und vorsichtig die kostbaren Aufnahmen der atemberaubend schönen Frau herausholte, die er geliebt und verloren hatte. Fiona hatte rotblonde Locken gehabt, blaugrüne Augen und den hellen irischen Teint komplett mit Sommersprossen auf der Nase. »Sie war wunderschön«, bemerkte Victoria.

»Ja, das war sie. Von innen wie von außen. Man konnte niemand Netteren auf der ganzen Welt finden. Sie hat nie ein schlechtes Wort über irgendjemanden verloren und konnte selbst in den schwierigsten Leuten noch das Gute erkennen. Sie hatte eine Karriere als Model begonnen und lernte dabei ein paar echt schreckliche Leute kennen, aber sie hat sich davon nicht beirren lassen. Ich hab sie bewundert und habe versucht, mehr wie sie zu sein. Ich hatte als Barkeeper mit einer Menge Idioten zu tun, trotzdem hat sie mir immer gesagt, dass es vermutlich einen Grund gab, warum sie so waren, und ich solle versuchen, mehr Mitgefühl mit ihnen zu haben, statt mich über sie zu ärgern.«

»Das klingt so, als wäre sie eine Heilige gewesen.«

»So weit würde ich nicht gehen«, antwortete er mit einem rauen Lachen. »Sie konnte fluchen wie ein Matrose und war trinkfester als wir alle. Ich denke, du hättest sie gemocht.«

»Da bin ich mir ganz sicher.« Vorsichtig steckte Victoria die Fotos in den Umschlag zurück und reichte ihn ihm wieder. »Danke, dass du mir das gezeigt hast.«

»Ich hätte das schon vor langer Zeit tun sollen. Wenn ich das getan hätte, wären wir vielleicht nicht an dem Punkt, an dem wir heute stehen.«

»Würdest du mir erzählen, was passiert ist?«

Sie sah, wie er sich am ganzen Körper verspannte.

»Wenn du das kannst«, fügte sie hinzu. »Ich würde nie von dir verlangen, dass du darüber redest, wenn es dir noch so schwerfällt.«

»Es fällt mir schwer«, erwiderte er. »Selbst nach all dieser Zeit.« Er blickte von ihr weg und schien seine Gedanken zu sammeln. »Wir sind nach Dublin gezogen, als wir einundzwanzig waren, damit sie als Model Karriere machen konnte. Ich hab an fünf Abenden die Woche in einem Pub an der Bar gearbeitet, auch samstags. Von unserer Wohnung zum Pub waren es nur ein paar Minuten zu Fuß, daher habe ich meistens gegen neun Uhr abends eine Pause eingeschoben und bin heimgegangen, um sie zu sehen und mit ihr gemeinsam etwas zu essen. An dem Samstag war mein Rugby-Team im Pub, um einen großen Sieg früher am Tag zu feiern, und ich hab es erst nach Hause geschafft, nachdem in der Bar Schluss war.«

Victoria wappnete sich für den Rest.

»Als ich heimkam, war die Tür offen. Jemand hatte sie eingetreten. Ich … Ich hab Fiona auf dem Boden gefunden. Erdrosselt. Später hat man mir erzählt, sie sei auch vergewaltigt worden.«

Victoria wischte sich die Tränen weg und griff nach seiner Hand, musste ihm einfach so gut Trost spenden, wie sie konnte. »Es tut mir so schrecklich leid.«

»Danke.«

»Haben Sie den Typen erwischt, der das getan hat?«

Er schüttelte den Kopf. »Die Ermittlungsakten sind noch nicht endgültig geschlossen, aber die Chancen, den Schuldigen zu finden, sind inzwischen extrem gering. Es besteht jedoch noch Hoffnung. Sie verdient es, dass derjenige, der das getan hat, seine gerechte Strafe erhält. Wenn ich an ihre letzten Momente denke …«

Victoria erhob sich und ging zu ihm, setzte sich ihm auf den Schoß und legte die Arme um ihn. »Wenn ich das mit meinen Fragen an Seamus für dich wieder an die Oberfläche gezerrt habe, wünschte ich, ich wäre nie zu ihm gegangen.«

»Du konntest ja nicht wissen, was die Antwort auf deine Frage sein würde, Liebes.«

»Ich wusste, da war etwas, das dich zurückhält, und ich dachte, wenn es nur irgendwie möglich wäre, die Mauer zu überwinden, die du um dein Herz herum errichtet hast, könnten wir es dann schaffen, dass es funktioniert.«

»Du hast die Mauer überwunden. Das hast du schon vor langer Zeit getan.«

»Ich … Du …«

»Ich liebe dich, Victoria. Wie könnte ich auch nicht, nach allem, was wir letztes Jahr hatten? Bevor ich herkam und dich gefunden habe, war ich verzweifelt. Jemand hat mich letzte Nacht gefragt, ob ich Heimweh nach Irland habe, aber das hatte ich nicht. Nicht bis ich dachte, ich hätte dich verloren. Das war der Moment, in dem mir klar geworden ist, dass Gansett mein Zuhause geworden ist. *Du* bist mein Zuhause geworden.«

Seine Liebeserklärung brachte sie völlig aus dem Konzept, und sie musste sich dazu zwingen, sich auf ihn zu konzentrieren.

»Gestern habe ich dir gesagt, dass ich dich liebe, dass ich rettungslos verliebt in dich bin, und du bist einfach weggelaufen.«

»Ich weiß, und es tut mir auch furchtbar leid. Nachdem ich dich gestern verlassen hatte, bin ich ins Beachcomber gezogen und dann an die Bar gegangen, um meine Sorgen gepflegt in einer Flasche guten irischen Whiskeys zu ertränken. Da habe ich Kevin McCarthy getroffen und bin irgendwie auf seiner Couch gelandet. Bis morgens um drei Uhr habe ich darüber geredet, auf wie viele Weisen ich mein Leben in den Sand gesetzt habe, seit Fiona gestorben ist, etwas, was ich bis jetzt gar nicht wahrhaben wollte.«

»Wie denn?«

»Zum Beispiel war mein Plan eigentlich, nie wieder zuzulassen, dass mir eine Frau so wichtig wird, dass es mich zerstören würde, sie zu verlieren.« Er legte seine große Hand an ihr Gesicht und fuhr ihr mit dem Daumen über die Wange. »Das habe ich ziemlich gut hinbekommen, bis ich hier aufgeschlagen und dir begegnet bin.«

»Ich möchte, dass du weißt, ich glaube dir, wenn du sagst, dass du mich liebst.«

»Das tue ich auch wirklich.«

»Aber wenn es nicht das ist, was du tatsächlich willst …«

Er drehte ihr Gesicht zu sich, um ihr die Lippen mit einem tiefen, suchenden Kuss voller Liebe und Verlangen zu verschließen, wie sie es von dem ersten Abend an gespürt hatten, an dem sie sich getroffen hatten. »Es ist, was ich will«, flüsterte er an ihren Lippen. »Du bist, was ich will, und es tut mir leid, dass ich dich auch nur eine Minute etwas anderes habe glauben lassen, ganz zu schweigen von einer ganzen Nacht. Ich war einfach nur völlig überfordert von der Erkenntnis, dass ich dir, um dich zu behalten, von Fiona erzählen musste. Dabei rede ich nie über sie oder über das, was ihr zugestoßen ist. Niemals.«

»Vielleicht solltest du das aber.«

»Das hat mir Kevin bereits klar gemacht. Er hat mich dazu gebracht, noch diese Woche mit einer Therapie zu beginnen. Ich habe nie richtig verarbeitet, was passiert ist, aber ich habe erkannt, dass ich ohne das nicht sein kann, was du verdienst oder brauchst.«

»Du kannst es nicht für mich tun.«

»Ich weiß, Liebes. Ich tue es zuallererst für mich, hoffe jedoch auch, dass es dabei helfen wird, dich davon zu überzeugen, mir eine zweite Chance zu geben. Ich möchte dich glücklich machen. Ich möchte mir weiterhin hier ein Leben mit dir aufbauen und eine Familie mit dir gründen. Ich möchte das alles mit dir, Vic. Wenn du mich noch willst.«

Sie wischte sich die Tränen ab, die ihr weiter über die Wangen liefen, obwohl sie so entschlossen war, sich zu beherrschen. »Ich möchte all das, und ich möchte es mit dir. Ich wünsche es mir so verzweifelt.«

»Aber?«

»Erst gestern noch wolltest du gar nichts davon wissen, und jetzt plötzlich wünschst du es dir auch?«

»Ich wollte es schon da, ich war nur zu aufgewühlt von der plötzlich wieder hochgespülten Vergangenheit, die ich zudem nie richtig hinter mir gelassen hatte. Bei dem, was gestern passiert ist, ging es gar nicht so sehr um dich, sondern viel mehr darum. Ich habe mich falsch verhalten, und nach einigen intensiven Gesprächen mit Kevin sehe ich die Dinge nun viel klarer.«

Victoria wollte mit beiden Händen ergreifen, was er ihr da anbot, ohne es weiter zu hinterfragen. Sie wollte das so sehr, dass es beinah wehtat. Dennoch, die Wunde, dic seine Zurückweisung ihr zugefügt hatte, war zu frisch, als dass sie das ohne gründliches Überlegen tun konnte.

»Was denkst du, Liebes?«

»Ich brauche ein bisschen Zeit, um all das zu verarbeiten.«

»Du kannst so viel Zeit haben, wie du brauchst, doch ich möchte, dass du eine wichtige Sache weißt.«

»Und die wäre?«

»Jegliche Zweifel, die ich vielleicht hatte, haben sich einzig und allein um mich gedreht, nicht um dich. Ich habe immer gewusst, wie wunderbar du bist und was für ein Glück ich habe, dir begegnet zu sein.«

»Das freut mich zu hören. Es hilft auch.«

»Ich habe einen Vorschlag.«

Sein Tonfall entlockte ihr ein Lächeln. »Was denn?«

»Ich nehme an, dass du heute nicht arbeiten musst, oder?«

»Da liegst du richtig. David hat mir freigegeben.«

»Da ich auch nicht arbeite, was hältst du davon, wenn wir diesen wunderschönen Tag gemeinsam verbringen? Wir könnten uns was zu essen besorgen und damit an den Strand gehen. Dann können wir noch ein bisschen mehr über alles reden, wenn du das möchtest.«

Als Victoria gesagt hatte, dass sie Zeit brauchte, hatte sie die eigentlich allein verbringen wollen. Aber dieser Vorschlag war zu verlockend, um ihn abzulehnen. »Okay.«

»Kannst du dein Auto hier stehen lassen und mit mir fahren? Wir holen es später ab.«

»Sicher.« Von seinem mühelosen Charme mitgerissen, musste Victoria an den Abend denken, an dem sie sich kennengelernt hatten, und daran, wie sie sich von Beginn an zu ihm hingezogen gefühlt hatte. Nichts hatte sich geändert seit diesem denkwürdigen ersten Eindruck. Selbst nach dem, was gestern geschehen war, war er immer noch der Mensch, mit dem sie am liebsten zusammen war.

Während er wartete, ging sie rasch rein, um die Spuren ihrer Übernachtung zu beseitigen und die Tasse abzuwaschen, die sie benutzt hatte. Sie ließ für David und Daisy eine Nachricht zurück, in der sie ihnen für ihre Freundschaft und die Überlassung des Sofas dankte und sie davon unterrichtete, dass sie später zurückkommen würde, um ihr Auto zu holen. Nur für den Fall, dass der Tag mit Shannon nicht so gut ausging, wie sie hoffte, nahm sie den Schlüssel, den David für sie dagelassen hatte, und steckte ihn ein.

Als sie fertig war, schloss sie die Tür ab und folgte Shannon die Treppe hinab auf die Einfahrt. Shannon setzte Victoria den Helm auf und befestigte ihn. Dabei streiften seine Finger ihr Kinn, was eine ganze Serie von Empfindungen in ihr auslöste. Das war alles, was nötig war, um ihr Verlangen nach ihm zu wecken. Die ersten paar Monate, die sie zusammen gewesen waren, hatte sie geglaubt, diese wahnsinnige Anziehung würde mit der Zeit nachlassen, aber sie war nur stärker geworden.

Er lächelte sie an, küsste sie und stieg dann auf die Maschine. »Schwing dich hinter mich, und halt dich gut fest.«

»Das sagst du immer.«

»Ich mag es, wie du dich auf dem Motorrad an mich klammerst.«

Victoria seufzte, weil sie ihn liebte, noch mehr, nachdem sie von dem schrecklichen Leid erfahren hatte, das er durchgemacht und irgendwie überlebt hatte. Sie hatte andere Fragen und würde die Antworten, die sie brauchte, erhalten, bevor sie irgendetwas entschied, trotzdem wusste sie bereits, sie würde ihm eine Chance geben. Wie auch nicht, nachdem sie alles gehört hatte, und nach all der Zeit, die sie bereits zusammen verbracht hatten?

Heute war er zu ihr gekommen, hatte seinen Schmerz mit ihr geteilt, ihr gestanden, dass er sie liebte, und dass jegliche Zweifel, die er bezüglich ihrer Beziehung gehegt haben mochte, an ihm gelegen hatten und nicht an ihr. Bislang hatte er all das Richtige gesagt, all das Richtige getan.

Dafür, dass dieser Tag mit völliger Verzweiflung begonnen hatte, entwickelte er sich inzwischen ganz vielversprechend.

Kapitel 11

Shannon setzte Victoria zu Hause ab und begab sich dann ins Hotel, um sich umzuziehen und im Supermarkt für ihr Picknick einzukaufen. Seine Stimmung hatte sich dramatisch verbessert, nachdem er mit ihr gesprochen hatte, und er war voller Hoffnung, dass sie wieder zueinanderfinden würden.

Entschlossen, alles zu tun, was in seiner Macht stand, um sie davon zu überzeugen, ihm eine weitere Chance zu geben, besorgte er ihre Lieblingssorte Kartoffelchips und die Chocolate-Chip-Cookies aus der Bäckerei, von denen er wusste, dass sie sie liebte. Alles, um sie glücklich zu machen, um das ansteckende Lächeln wieder auf ihr Gesicht zu zaubern und die Tränen zu trocknen, die ihn so erschüttert hatten, weil er sie vor gestern nie hatte weinen sehen.

Er hasste es, der Grund für ihre Tränen gewesen zu sein, und war entschlossen, ihr keinen weiteren Anlass für Kummer zu liefern. Er verließ den Lebensmittelladen und kehrte zu ihrem Haus zurück, um sie für den Ausflug zum Strand abzuholen. Sie hatte einen Klappstuhl, den sie wie einen Rucksack auf dem Rücken trug, und eine Tasche, die er für die kurze Fahrt sicher auf dem Gepäckträger befestigte, bevor sie aufbrachen.

Am Strand war für einen Wochentag viel los, daher gingen sie am Wasser entlang zu einem weniger bevölkerten Abschnitt, wo Victoria die Decke ausbreitete, die sie mitgebracht hatte. Dann zog sie sich das Kleid aus, das sie sich übergeworfen hatte, und enthüllte einen knappen schwarzen Bikini. Hatte sie den angezogen, weil sie wusste, wie sehr er den an ihr liebte? Er hoffte schon.

Nachdem sie den Lunch gegessen hatten, den er besorgt hatte, streckte sich Shannon auf der Decke neben ihr aus.

»Cremst du mir den Rücken ein?«, fragte sie und reichte ihm die Sonnenmilch. Sie drehte sich auf den Bauch, den Kopf auf die verschränkten Arme gestützt, und schaute ihn dabei an.

»Liebend gern.« Er ließ sich Zeit und massierte die Lotion in ihre weiche Haut. »Die Beine auch?«

»Ja, bitte.«

Shannon setzte die sinnliche Massage auf der Rückseite ihrer Oberschenkel und der Unterschenkel fort, bemerkte sehr wohl, wie sie unruhig wurde, wenn er bestimmte Stellen berührte. Als er fertig war, legte er sich neben sie. »Erwiderst du mir den Gefallen?«

»Natürlich.« Sie ließ ihm die gleiche Behandlung angedeihen wie er ihr, und als sie fertig war, war er steinhart.

Es war so schmerzlich, dass er stöhnte.

Victoria kicherte. »Alles in Ordnung bei dir?«

Überglücklich, ihr Lachen zu hören, antwortete er: »Machst du dich etwa über mich lustig?«

»Vielleicht ein bisschen.«

Er rollte sich auf die Seite, sodass er ihr ins Gesicht schauen und sie sehen konnte, was sie angerichtet hatte. Er verfolgte, wie ihr Blick von seinem Gesicht zu seiner Brust und dann zu seinem Schritt weiterwanderte, an der riesigen Ausbuchtung in seinen Shorts hängen blieb.

»War ich das?«

Shannon zog die Brauen zusammen. »Das weißt du doch.« Er griff nach ihrer Hand und verschränkte ihre Finger. »Ich hab es letzte Nacht gehasst, allein zu schlafen.«

»Ich auch. Ich hab mich so daran gewöhnt, dich in meinem Bett zu haben.« Sie musterte ihn und sagte: »Darf ich dich noch etwas fragen?«

»Alles, was du willst.« Kevin hatte ihm geholfen zu begreifen, dass er sich Victoria komplett öffnen musste, wenn er wollte, dass das mit ihr funktionierte.

»Gibt es noch andere Dinge, die ich über dich wissen sollte? Sachen, die du mir noch nicht erzählt hast, die aber wichtig sind?«

»Nein, all wesentlichen Fakten über mein Leben und meine Familie kennst du bereits.«

»Ich wusste überhaupt nicht, dass du Rugby spielst.«

»Vergangenheit. Das ist ein Spiel für junge Narren. Ich bin inzwischen zu alt, um regelmäßig solche Prügel einzustecken.«

»Wenn ich dich nicht gezwungen hätte, hättest du mir je von Fiona erzählt?«

»Vermutlich nicht. Allerdings nicht, weil ich dir nicht vertraue, sondern weil es mir einfach so schwerfällt, darüber zu reden.«

»Das verstehe ich.«

»Ich werde jetzt aber anfangen, darüber zu sprechen. Ich werde mit Kevin zusammenarbeiten, damit ich das sein kann, was du brauchst und verdienst. Ich möchte der Mann sein, der dir dein Märchen-Happy-End schenkt, Vic, und ich möchte auch für meine eigene seelische Gesundheit einen besseren Weg finden, damit umzugehen.«

»Es bedeutet mir eine Menge, dass du dir das antust, und ja immerhin teilweise meinetwegen.«

»Zu einem großen Teil sogar deinetwegen. Die Angst, dass ich dich verloren haben könnte, war ein eindrücklicher Weckruf für mich. Ich hoffe, du weißt das.«

»Verwechselst du mich manchmal, wenn wir zusammen sind, mit ihr?«

Er starrte sie an, wirkte verblüfft von der Frage. »Nie. Nicht ein einziges Mal. Niemals. Wenn wir zusammen sind, Victoria, dann ist da niemand anders für mich als du.«

»Wirst du …«

»Was denn, Liebes? Ich würde alles …«

»Mich küssen?«

»Himmel, Vic, es gibt nichts, was ich lieber tun würde.« Ohne darauf zu achten, wo sie sich befanden, rutschte er näher zu ihr und legte die Arme um sie, schob seinen Oberschenkel zwischen ihre Beine. Er schaute ihr für einen langen Augenblick voller Vorfreude in das hübsche Gesicht, bevor er seine Lippen sachte auf ihre drückte. Shannon beobachtete, wie sie die Augen schloss, und spürte das Zittern, das sie durchlief, als er den Kuss vertiefte, ihre Zunge mit seiner streichelte. Nach einer Weile löste er sich von ihr, doch nur, damit er nicht völlig die Kontrolle verlor, und keinesfalls, weil er nicht weitermachen wollte. »Erinnerst du dich noch an unseren ersten Kuss?«

»Natürlich. Wir haben nicht aufgehört, bis wir alles ausprobiert hatten.«

»Beinahe alles.«

»Mehr, als ich je mit einem Mann getan hab, den ich gerade erst kennengelernt hatte.«

»Wir waren von Anfang an gut zusammen.« Er küsste sie wieder. »Wenn du mir die Chance gibst, dich glücklich zu machen, verspreche ich dir, ich werde dir alles geben, was ich zu geben habe, so lange, wie du mich bei dir haben willst.«

Sie atmete tief auf. »Vermutlich werde ich dich immer bei mir haben wollen, und sei es aus keinem anderen Grund, als dass ich danach süchtig bin, deine Stimme zu hören.«

»Aha, jetzt kommt die Wahrheit ans Licht. Es geht dir nur um meinen verfluchten Akzent, was?«

Sie brach in Gelächter aus. »Nicht nur, aber überwiegend.«

Er küsste sich von ihren Lippen bis zu ihrem Hals, knabberte zärtlich an ihrer weichen Haut. »Du heizt mir ziemlich ein.«

»Und du scheinst die gleiche Wirkung auf mich zu haben.«

»Lass uns schwimmen gehen und uns abkühlen.« Er stand auf und streckte ihr eine Hand hin, um ihr aufzuhelfen. »Und schau nicht hin«, verlangte er und meinte seine unübersehbare Erektion. »Das macht alles nur schlimmer.«

Victoria lachte über die Grimasse, die er schnitt.

Sie vergnügten sich im Wasser, spritzten einander nass und hielten sich am Ende wieder in den Armen. Als er sie küsste, umfing er unter Wasser ihren Busen und rieb mit den Daumen über die hart gewordenen Spitzen.

»*Shannon*«, rief sie und klang so verzweifelt, wie er sich fühlte.

»Is tú grá mo chroí«, flüsterte er ihr ins Ohr.

»Was heißt das?« Er hatte schon zuvor zu ihr in der Sprache seines Heimatlandes gesprochen, doch diesen Satz hatte sie noch nie gehört.

»›Du bist die Liebe meines Herzens‹ auf Gälisch. Zu Hause nennen wir es Irisch.«

»Das klingt wunderschön. Sag es noch einmal.«

Und das tat er, wieder und wieder und wieder, hielt sie dicht an sich gedrückt, während er ihr Koseworte in der Sprache seiner Heimat zuraunte. »Ich möchte so dringend in dir sein.«

Sie hielt sich an ihm fest, die Arme um seinen Hals geschlungen und die Beine um seine Hüften. »Ich möchte das auch.«

»Wollen wir heimfahren?« Er machte eine Pause. »Nein, warte. Du hast gesagt, du brauchst Zeit. Und ich sollte dich nicht bedrängen …«

Sie küsste ihn. »Shannon?«

Verwirrt von der Art und Weise, wie sie ihn anschaute, erwiderte er: »Ja, Victoria?«

»Bring mich nach Hause.«

* * *

Auf der kurzen Fahrt versicherte Victoria sich, dass sie das Richtige tat, wenn sie ihn zurücknahm, und beschloss, an ihn zu glauben. Der Schluss ihrer Beziehung, selbst wenn es nur ganz kurz gewesen war, schien ein Umdenken in ihm ausgelöst zu haben, und er war zu ihr zurückgekommen mit Antworten auf ihre Fragen und den Worten, die sie hatte hören müssen, manche davon in einer Sprache und mit einem Akzent, die ihr Blut zum Kochen brachten.

Shannon lenkte die Maschine in die Einfahrt und stellte den Motor aus, und die Stille war nach dem Dröhnen eben umso auffälliger. Er stieg ab und half ihr herunter, nahm ihr den Helm mit ungeschickten Fingern ab, was sie als Zeichen seiner Ungeduld wertete. Mit seiner warmen Hand auf ihrem Rücken geleitete er sie ins Haus, schloss die Tür und sperrte hinter ihm ab.

Als Victoria sich zu ihm umdrehte, hob er sie auf die Arme und trug sie ins Schlafzimmer, während er sie leidenschaftlich küsste.

Er legte sie aufs Bett und zog erst sich das T-Shirt aus, dann ihr das dünne Kleidchen, das sie am Strand getragen hatte.

Kurz dachte sie an den Sand in ihrem Bett, doch dann küsste er sie wieder, und alles andere wich in den Hintergrund.

»Dieser Bikini macht mich noch wahnsinnig«, erklärte er, während er mit den Händen über ihre Rippen strich und dann ihre Brüste umfasste.

Als sie zu ihm hochschaute, kam ihr eine weitere Frage, eine, die sie bis ins Herz erschütterte und die sie vermutlich kein Recht hatte zu stellen. Aber es konnte die wichtigste Frage von allen sein.

Offensichtlich spürte er ihren Rückzug. »Was ist? Was ist los?«

»Ich hab noch eine Frage, und ich habe irgendwie Angst, sie dir zu stellen, weil es keine faire Frage ist. Trotzdem möchte ich die Antwort darauf hören.«

»Was auch immer es ist, du kannst mich alles fragen.«

»Ich wüsste nur gerne, ob du mich jemals so sehr lieben wirst wie Fiona.«

»Ach, Vic«, sagte er mit einem Seufzen. »Das tue ich bereits, bloß ist es eine ganz andere Art von Liebe, die ich für dich empfinde. Sie ist irgendwie erwachsener und reifer. Fiona und ich waren so jung und dumm und noch auf der Suche nach unserem Leben. Du und ich … wir haben diesen Unsinn hinter uns, wenigstens zum großen Teil.«

»Ach wirklich?«

»Ja, wirklich.« Er blickte auf sie hinab, strich ihr mit den Fingern das Haar aus dem Gesicht. Dann senkte er den Kopf und küsste sie auf den Hals und von da weiter abwärts zu ihrem Busen. Er löste die Knoten des Bikini-Oberteils und entfernte es, entblößte ihre Brüste seinem hungrigen Blick. »Du bist so verdammt schön. Alles, was ich letzte Nacht denken konnte, war, wie ich es nur aushalten sollte, ohne dich zu leben, ohne dein Lächeln und deine Fröhlichkeit – das brauche ich beides so sehr. Ich brauche dich, Vic.«

»Du hast mich. Ich bin hier, und ich werde so lange hierbleiben, wie du mich brauchst.«

»Für immer?«

»Das ist eine schrecklich lange Zeit.«

»Es wird nicht lang genug sein.« Er zog eine Spur aus Küssen von ihrer Mitte über ihren Bauch, zupfte an ihrem Bikini-Höschen und half ihr heraus.

»Beeil dich, Shannon«, drängte sie, klang so atemlos, wie ihr zumute war. »Ich will dich.«

Das Haar fiel ihm in die Stirn, und seine Wangen waren gerötet, wie es immer bei ihm der Fall war, wenn er erregt war. Sie liebte es, das über ihn zu wissen, und auch andere Dinge, wie zum Beispiel, wie sie ihn praktisch wahnsinnig vor Lust machen konnte.

Sie streckte ihm die Arme hin.

Er streifte sich seine Shorts ab und legte sich auf sie. »Ich wollte mir eigentlich Zeit lassen«, erklärte er.

Sie lächelte zu ihm auf. »Wir haben schließlich den ganzen Tag.«

»Nun, das höre ich gern. Den ganzen Tag, um dich zu lieben und zu halten und zu küssen.« Er drang mit einem tiefen Stoß in sie ein, dem sie sich entgegenwölbte. Sie wollte ihm so nah sein, wie es nur irgend möglich war. »Vic …«

Victoria hielt ihn fest an sich gedrückt, während ihre Körper sich in der vollkommenen Harmonie bewegten, die sie von Beginn an gehabt hatten. »Sag es mir noch einmal, Shannon, in deinen Worten.«

»Is tú grá mo chroí«, kam er ihrer Bitte nach. »Die Liebe meines Herzens.«

Sie schloss die Augen, weil ihr Tränen unter den Lidern brannten. *»Is tú grá mo chroí«*, flüsterte sie und drückte ihn enger an sich. »Für immer.«

Danksagung

Danke, dass Sie Victorias und Shannons Geschichte gelesen haben, den ersten von den neuen »Gansett Island«-Kurzromanen, die es mir gestatten werden, mehr Zeit mit einzelnen bereits bekannten Charakteren der Reihe zu verbringen, die eine eigene Geschichte zu erzählen haben, oder denen, die wie Victoria und Shannon noch nicht im Mittelpunkt des Geschehens gestanden haben. Es hat mir wirklich Spaß gemacht, diese kürzere Geschichte zu schreiben, und ich hoffe, es hat Ihnen im Gegenzug Spaß gemacht, die Geschichte von Victoria und Shannon zu lesen und gleichzeitig einigen Ihrer Lieblingsprotagonisten von Gansett Island wieder zu begegnen. Der Nächste in der Reihe dieser ganz kurzen Romane wird sich um Kevin und Chelsea drehen.

Großer Dank geht an das Team Jack, die Ladys, die meine Arbeit organisieren und es mir ermöglichen, so viel zu schreiben, wie ich das tue: Julie Cupp, Lisa Cafferty, Holly Sullivan, Isabel Sullivan, Nikki Colquhoun, Cheryl Serra, Ashley Lopez und Courtney Lopes. Großer Dank auch meinem tollen Lektoratsteam Linda Ingmanson und Joyce Lamb sowie meinen Beta-Leserinnen Anne Woodall und Kara Conrad – ich weiß euch alle so sehr zu schätzen. Ich kann mir gar nicht vorstellen, ein Buch zu veröffentlichen, ohne dass ihr zuerst mit euren Adleraugen darüber gegangen seid.

Ein ganz besonderer Dank geht an Sarah Spate Morrison dafür, dass sie die medizinischen Details in meinen Geschichten im Auge behält.

Und meiner lieben Freundin Michelle Farrell in Irland, auch dir ein dickes Dankeschön für deine Hilfe dabei, die Dialoge in diesem Kurzroman irischer klingen zu lassen. Über Michelle gibt es noch anzumerken, dass sie mich vor ein paar Jahren angeschrieben hat, um mir zu sagen, dass sie und ihre Schwester von Irland in die Vereinigten Staaten reisen würden, um sich Neuengland anzuschauen und die Schauplätze zu besichtigen, über die ich schreibe. Sie hat mich um ein paar Vorschläge zu Unterkünften in Newport gebeten. Als ich den Grund erfuhr, warum sie kamen, musste ich sie treffen. Wir hatten ein wunderbares (und lustiges) Dinner, während sie in Newport waren, und dann sind Michelle und Susan zum Leserinnenwochenende im folgenden Jahr angereist.

Michelle und ich haben den Kontakt danach nie abreißen lassen. Ich war eine der Ersten, die davon erfuhr, als sie David kennenlernte, der von der ersten Verabredung an etwas ganz Besonderes war. Ich hatte einen Platz in der ersten Reihe bei ihrer wunderbaren Liebesgeschichte und habe mich mit Michelle gefreut, als sie letztes Jahr ihre Verlobung gefeiert haben.

Während Sie diesen Kurzroman lesen, bin ich auf meinem Weg nach Irland mit meinem Ehemann, um an Michelles und Davids Hochzeit teilzunehmen – in einer echten Burg. Das ist mein erster Besuch in Irland, und als eine Sullivan von Newport, Rhode Island, könnte ich nicht aufgeregter sein, diese Reise gemeinsam mit Dan zu unternehmen. Ich fühle mich so geehrt, zu Michelles Hochzeit eingeladen zu sein und über meine Bücher eine Freundin auf der anderen Seite des Großen Teiches gefunden zu haben.

Ich wünsche Michelle und David, der ein echter Held direkt aus einem Liebesroman ist, nur das Allerbeste. Ich werde Bilder von der Hochzeit und der Reise in der McCarthy-Lesergruppe posten, auf meiner Homepage und auf Instagram.

Wie immer ein ganz besonderes Dankeschön an meine wunderbaren Leserinnen, die die »Gansett Island«-Reihe von Anfang an so begeistert aufgenommen haben. Ich freue mich jeden Tag, dass ich von so vielen von Ihnen höre, dass Sie mehr Bücher über unsere bezaubernde Insel lesen möchten. Solange Sie sich mehr wünschen, ist es mir eine große Freude, diese Serie fortzusetzen. Es gibt noch viel zu erzählen!

xoxo

Marie

10092194R00085

Printed in Great Britain
by Amazon